CONSIDERAZIONI INTORNO AI DISCORSI DEL MACHIAVELLI SOPRA LA PRIMA DECA DI TITO LIVIO

Francesco Guicciardini

LIBRO PRIMO

CAPITOLO I

[Quali siano stati universalmente i princípi di qualunque cittá, e quale fusse quello di Roma.]

Nel primo Discorso è vera la distinzione che tutte le cittá sono edificate o da forestieri o da uomini nativi del luogo, ed in questo secondo membro cade Vinegia ed Atene; cadeci ancora Roma, ma diversamente da Atene e da Vinegia, perché queste furono edificate dagli incoli per necessitá di avere o uno ricetto sicuro o uno reggimento commune, ma Roma, sanza alcuna di queste necessitá, fu piú presto edificata come colonia di Alba, cioè da uomini o albani o sudditi allo imperio di Alba, per amore di quelli luoghi dove erano nutriti, o per ambizione di reggersi per sé stessi; né può Roma per rispetto di Enea applicarsi al membro de' forestieri, perché è uno cercare le origine troppo da lontano, le quali non s'hanno a referire a' primi antecessori di chi ha edificato.

Quanto al membro delle cittá edificate da' forestieri, non è vero semplicemente che le colonie mandate per sgravare e' paesi di abitatori dependino sempre da altri, perché molte nazione, come furono e' Galli, e' Cimbri e simili, mandorono per la detta causa parte de' popoli loro a cercarsi nuove sede, le quali acquistate non avevano dependenzia o recognizione alcuna da' luoghi patrii; e però era piú vera e piú piena distinzione, che o le cittá edificate da' forestieri sono edificate con tale sorte che hanno a reggersi da per sé, né dependere in cosa alcuna etiam dagli autori della origine sua, o sono edificate in modo che hanno a ricognoscere quelli per príncipi; ed in queste seconde è vero che da principio non possono fare progresso grande, ma in progresso di tempi possono nascere molti accidenti che le liberino da quella subiezione, ed allora può accadere che piglino augumento notabile. E di questa spezie è stata Firenze, e tutte le colonie de' romani, che doppo la declinazione di Roma molte di loro sono diventate magnifiche e potente cittá; e forse chi discorressi a una a una, non troverrebbe manco di queste salite in potenzia notabile, che di quelle che hanno avuto el principio libero; perché sono cresciute o no secondo el sito, la instituzione e fortuna che hanno avuta. È vero che ordinariamente queste tali hanno tardato piú a cominciare a crescere, avendo el principio subietto a altri; ma se intratanto per la bontá del sito o per la buona instituzione o altra causa hanno avuto occasione di ingrossare di ricchezze e di popolo, hanno poi avuto facilitá di diventare potente.

El principale fondamento della potenzia e ricchezze della cittá è avere grosso populo: e male può ingrossare di populo una cittá che sia posta in luogo sterile, se giá non ha la aria molto generativa, come Firenze, o la opportunitá del mare, come Vinegia; e però è meglio porsi in paese fertile, perché piú facilmente vi concorrono gli abitatori; ma quando fussi possibile fermare abitatori assai in uno sito, io non dico al tutto sterile, ma non grasso, non è dubio che piú conferirebbe a farlo virtuoso la necessitá del provedersi che le buone legge; perché quelle si possono variare dalla voluntá degli uomini, ma la necessitá è una legge ed uno stimulo continuo. E questa indirizzò bene Roma, la quale, se bene posta in paese fertile, tamen per non avere contado ed essere cinta di populi potenti, fu forzata allargarsi con la virtú delle arme e con la concordia; e questo si discorre non in una cittá che voglia vivere alla filosofica, ma in quelle che vogliono governarsi secondo el commune uso del mondo, come è necessario fare, altrimenti sarebbono, essendo debole, oppresse e conculcate da' vicini.

CAPITOLO II

[Di quante spezie sono le republiche, e di quale fu la republica romana.]

E' non è dubio che el governo misto delle tre spezie, principe, ottimati e popolo, è migliore e piú stabile che uno governo semplice di qualunque delle tre spezie, e massime quando è misto in modo che di qualunque spezie è tolto el buono e lasciato indrieto el cattivo; che è el punto a che bisogna avvertire, e dove può consistere la fallacia di chi gli ordina. E per discorrere tritamente questo articolo, dico che el frutto del governo regio è che molto meglio, con piú ordine, con piú celeritá, con piú segreto, con piú resoluzione si governano le cose publiche quando dependono dalla voluntá di uno solo, che quando sono nello arbitrio di piú. El male che ha è, che, se si cade in una persona cattiva, avendo la potestá sciolta di fare male, tutta quella autoritá che gli è data per fare buoni effetti gli fa pessimi; cosí se è buono ma insufficiente, nascono per la ignavia sua infiniti disordini. Ed ancora che el re si facessi per elezione, non per successione, non è la sicurtá intera di questi pericoli, perché chi elegge può molte volte ingannarsi, riputando buono o prudente chi sia di altra sorte, e la grandezza della potestá e della licenzia muta spesso la natura di chi è eletto, e massime se ha figliuoli, è difficile non desideri avergli successori; il che, quando è re con potestá assoluta, difficilmente gli può essere proibito, ancora che sia contro alle constituzione del regno, ma non lo può giá conducere se non con arte e mezzi non laudabili.

Volendo adunche ordinare uno governo che participi el piú che si può del bene del governo regio, e non participi del male, è impossibile participi tutto el bene e fugga tutto el male, e bisogna contentarsi che piú presto abbia manco del bene, che, per volerne troppo, participi anche del male. E però è necessario farlo perpetuo, ma limitargli la autoritá, con fare che per sé solo non possa disporre di cosa alcuna, o almanco di quelle solo che sono di minore importanza; ed ordinandolo cosí se ne caverebbe el bene di avere uno occhio che vigilassi continuamente le cose publiche, uno capo a chi le si potessino referire, uno procuratore che le proponessi, sollecitassi e ricordassi. Mancherebbesi di quello bene che ha con seco el potere uno solo deliberare ed eseguire; ma perché questo non si può avere sanza el pericolo che non sia in potestá sua voltare el regno a tirannide, minore male è avere poco bene e sicuro, che molto e con sí grave pericolo. Sia adunche el re, cioè el capo che rapresenti quello principe, con la autoritá limitata in modo che per sé solo non possi deliberare le cose importante, e sia per elezione, non per successione; e quando sia cosí, meglio è sia perpetuo che temporale, e se pure temporale, meglio per lungo tempo che per breve. In che hanno fatto meglio e' viniziani, che non feciono e' romani e lacedemòni; perché e' re de' lacedemòni erano sempre di una famiglia medesima e per successione, e' re romani, se bene avevano el senato e qualche immagine di republica, pure ebbono tanta autoritá che fu loro facile voltare el regno a tirannide, come si vedde qualche principio in Servio Tullio, e poi apertamente in Tarquinio Superbo. E se vogliàno la autoritá de' consoli chiamarla regia, non fu perpetua ma annua; dove el principe viniziano è perpetuo, eleggesi ed ha la autoritá limitatissima.

Nel governo degli ottimati è questo bene, che essendo piú, non possono cosí facilmente fare una tirannide come uno solo; essendo e' piú qualificati uomini della cittá, la governano con piú intelletto e con piú prudenzia che non farebbe una moltitudine; ed essendo onorati, hanno manco causa di travagliarla, come essendo mal contenti potrebbono fare facilmente. El male è, che trovandosi la autoritá grande, favoriscono quelle cose che sono utile a loro e deprimono el populo; e non avendo termine la ambizione degli uomini, per accrescere le condizione loro, si rompono insieme e fanno sedizione, donde nasce o per via della tirannide o per altro modo la ruina delle cittá; e se sono ottimati per successione e non per elezione, di prudenti e buoni vengono presto le cose in mano di imprudenti e cattivi.

Bisogna, a trarre di questa spezie di governo quel che si può di bene e fuggire el male, che gli ottimati non siano sempre le medesime linee e famiglie, ma che di tutto el corpo della cittá, cioè di tutti quegli che secondo le legge sono abili a participare de' magistrati, si elegga uno senato che abbia a trattare le cose ardue, cioè che sia el fiore degli uomini prudenti, nobili e ricchi della cittá; sia perpetuo, o almanco durino per lunghissimo tempo; siano molti in numero acciò che piú facilmente siano tollerati dagli altri, e' quali aranno continua speranza che loro o case loro succedino in luogo di quelli che alla giornata mancassino; ed anche perché, essendo el numero largo, si potrá sperare vi entri ciascuno che lo meriti, e se bene vi entrerrá qualcuno non idoneo, è manco inconveniente che se ne fussi escluso qualche sufficiente; non abbino la potestá assoluta di tutte le cose pubbliche, acciò che non si arroghino troppa autoritá, massime di creare magistrati, spezialmente quelli che hanno mero e misto imperio, o che sono magistrati di utilitá; non di fare legge sanza el consenso del populo, acciò che non possino o alterare la forma del governo, o ridurre gli ordini della cittá a beneficio de' potenti e diminuzione de' minori; ma appartenga a loro el consultare e deliberare di quelle cose a che è piú necessaria la prudenzia degli uomini, cioè le guerre, le pace, le pratiche co' príncipi, e tutte le cose sustanziale alla conservazione ed augumento del dominio. Ebbono e' lacedemòni gli ottimati in questo modo, cioè non di particulare sorte di uomini, ma di tutto el corpo della cittá; ebbongli e' romani ma con distinzione, perché apresso a loro e' patrizi da' príncipi erano gli ottimati, gli altri erano plebei, che fu causa di tutte le loro sedizione.

Nel governo del popolo è di buono, che mentre dura non vi è tirannide; possono piú le legge che gli uomini; ed el fine di tutte le deliberazione è riguardare al bene universale. Di male vi è, che el popolo per la ignoranzia sua non è capace di deliberare le cose importante, e però presto periclita una republica che rimette le cose a consulta del popolo; è instabile e desideroso sempre di cose nuove, e però facile a essere mosso ed ingannato agli uomini ambiziosi e sediziosi; batte volentieri e' cittadini qualificati, che gli necessita a cercare novitá e turbazione. A fuggire queste cose bisogna non rimettere al popolo alcuna cosa importante, eccetto quelle che se fussino in mano di altri, non sarebbe la libertá sicura, come è la elezione de' magistrati, la creazione delle legge, le quali non è bene venghino al popolo, se non prima digestite ed approvate da' magistrati supremi e dal senato; ma quelle ordinate da loro non abbino giá vigore se non sono confermate dal popolo; non lasciare le conzione libere, il che è grande instrumento delle sedizione, ma che nel consiglio del popolo non possa parlare se non chi gli è commesso da' magistrati, e sopra quella materia che gli è commessa. Ed ordinando cosí questo governo s'ará la mistura della quale si fa menzione nel Discorso.

CAPITOLO III

[Quali accidenti facessono creare in Roma i tribuni della plebe, il che fece la
republica piú perfetta.]

È posto troppo assolutamente che gli uomini non operano mai bene se non per
necessitá, e che chi ordina una republica gli debbe presupporre tutti cattivi,
perché molti sono che, etiam avendo facultá di fare male, fanno bene, e tutti gli
uomini non sono cattivi. È vero che, e nello ordinare una republica ed in ogni
altra faccenda, si debbe ordinare le cose in modo che chi volessi fare male, non
possa, non perché sempre tutti gli uomini siano cattivi, ma per provedere a
quelli che fussino cattivi; e s'ha a considerare in questa materia, che gli uomini
tutti sono per natura inclinati al bene, ed a tutti, data paritate terminorum,
piace piú el bene che 'l male; e se alcuno ha altra inclinazione, è tanto contro
allo ordinario degli altri e contro a quello primo obietto che ci porge la natura,
che piú presto si debbe chiamare monstro che uomo. È adunche ognuno
naturalmente inclinato al bene; ma perché la natura nostra è fragile, e nel vivere
umano si riscontra a ogni passo nelle occasione che possono divertire dal bene,
come è la voluttá, la ambizione, la avarizia, e' savi, prevedendo questo pericolo,
dove hanno potuto tôrre agli uomini la facultá del fare male, l'hanno fatto; e
dove non si è potuto fare assolutamente, perché non si può fare sempre, anzi
rare volte, aggiunsono altro rimedio, cioè allettare gli uomini al bene co' premi,
e spaventargli dal fare male con le pene.

La causa dello eleggere e' tribuni fu quella che si dice nel Discorso, cioè per fare
una difesa alla plebe contro alla nobilitá cioè e' patrizi; el quale effetto risultava
in quattro modi: el primo, che avendo la plebe uno magistrato particulare
veniva a avere uno capo publico, col quale si poteva consultare e trattare e'
commodi suoi, ed a chi avendo la plebe ricorso, non era disprezzata come
corpo che non avessi capo; el secondo, per la autoritá dello intercedere, che era
tale che non si poteva in Roma fare alcuna deliberazione publica contro alla
voluntá pure di uno solo de' tribuni; el terzo, col potere mettere innanzi al
popolo nuove legge; el quarto, col chiamare al giudicio del popolo quelli
cittadini che paressi a ciascuno di loro. Le quali autoritá non furono intese da

principio della loro creazione, ma in processo di tempo o usurpate o ampliate con la interpretazione della legge con la quale furono creati; le quali autoritá non facevano quello che dice el Discorso, cioè che e' tribuni fussino uno magistrato in mezzo tra 'l senato e la plebe, perché bene erano temperamento della potenzia de' nobili, ma non, e converso, della licenzia della plebe.

CAPITOLO IV

[Che la disunione della plebe e del senato romano fece libera e potente quella republica.]

Io ho altra volta scritto piú largamente, però ora me ne passerò con brevitá; ma dico in conclusione che la causa delle disunione di Roma tra patrizi e plebei fu dallo essere divisi gli ordini della cittá, cioè che una parte fussino patrizi, l'altra plebei, e che tutti e' magistrati fussino de' patrizi, esclusa la plebe, e tolta a' plebei ogni speranza di potergli conseguire. Ché se da principio o non fussi stata questa distinzione tra patrizi e plebei, o se almanco si fussi data la metá degli onori alla plebe, come si fece poi, non nascevano quelle divisione, le quali non possono essere laudabile, né si può negare che non fussino dannose, se bene forse in qualche altra republica manco virtuosa arebbono fatto piú nocumento; non arebbe la plebe desiderato la creazione de' tribuni, né sarebbe stato necessario quello magistrato, perché communicati gli onori, era communicata la potenzia, né piú pericolo arebbe portato la libertá da' patrizi che da' plebei. Ed è certo che communicati che furono gli onori, quello magistrato fu forse di piú danno che di utile, ed almanco negli ultimi tempi fu instrumento e colore a chi volle turbare la republica; e massime non si può a giudicio mio laudare in loro né la autoritá di proporre nuove legge né di intercedere.

Non fu adunche la disunione tra la plebe ed el senato che facessi Roma libera e potente, perché meglio sarebbe stato se non vi fussino state le cagione della disunione; né furono utile queste sedizione, ma bene manco dannose che non sono state in molte altre cittá, e molto utile alla grandezza sua che e' patrizi piú presto cedessino alla voluntá della plebe, che entrassino in pensare modo di non avere bisogno della plebe; ma laudare le disunione è come laudare in uno infermo la infermitá, per la bontá del remedio che gli è stato applicato. Questo disordine fu dalla origine di Roma, perché nel principio suo vi fu la distinzione tra patrizi e plebei; ma sotto e' re non noceva, perché essendo la autoritá ne' re, non poteva el senato per sé medesimo opprimere le plebe; e quello che non faceva el senato di pensare a' commodi, lo facevano e' re, etiam qualche volta piú ambiziosamente che non si doveva, come si legge di Servio Tullio, ed usavano ancora di eleggere talvolta de' plebei ne' patrizi, che faceva che gli altri tolleravano piú facilmente quello grado al quale ancora loro speravano potere pervenire. Le quali ragione tutte cessorono quando e' re furono cacciati, perché e' patrizi diventorono padroni della cittá ed arbitri di ogni cosa: non aveva la plebe a chi fuggire, né chi pensassi a' commodi suoi; né e' capi della plebe piú speranza di essere eletti ne' patrizi, perché da loro erano fastiditi come ignobili, e piú presto eletti e' forestieri, come fu Appio Claudio. Né fu avvertito questo disordine nel cacciare e' re, pensando piú gli uomini al male presente, che era quello de' re, e perché chi non ha perizia grande delle cose publiche non le cognosce se non per esperienzia; però rare volte, o forse non mai, è accaduto che una republica abbia avuto da principio la sua ordinazione perfetta. Fu adunche utile el rimedio che si pose alle sedizione, ma non giá utile il non levare da principio le cause che poi le feciono nascere.

Quanto alle altre parte del governo romano, dico quanto a quelli ordini che risguardano la forma del governo della republica, non voglio ora discorrere particularmente; ma non credo fussino tali, che chi avessi a ordinare una republica, gli dovessi pigliare per esemplo. Fu eccellentissima la disciplina militare, e la virtú sua sostenne tutti gli altri difetti del governo, e' quali importano manco in una cittá che si regge in sulle arme, che in quelle che si governano con la industria, con le girandole e con le arte della pace.

CAPITOLO V

[Dove piú sicuramente si ponga la guardia della libertá, o nel popolo o ne' grandi; e quali hanno maggiore cagione di tumultuare, o chi vuole acquistare o chi vuole mantenere.]

Io non intendo el titolo della quistione, cioè che voglia dire el porre la guardia della libertá o nel popolo o ne' grandi; perché altro è a dire in chi ha a essere el governo, o ne' grandi o nella plebe, ed a questo serve lo esempio di Vinegia, perché è in modo ne' nobili che la plebe tutta ne è esclusa, altro è dire, participando ognuno del governo, una autoritá o cura particulare per difesa della libertá in chi ha a essere, o in magistrato d'uomini plebei o di uomini nobili; ed a questo può servire lo esemplo di Roma dove, participando ed e' nobili e la plebe, el magistrato de' tribuni che pareva che avessi guardia particulare della libertá, fu ne' plebei. Benché per dire meglio, in Roma la guardia della libertá non fu manco ne' patrizi che ne' plebei, perché ed e' consuli ed e' dittatori v'avevano cura ed autoritá di difendere la libertá, come si vedde ed in Spurio Melio ed in Manlio Capitolino de' quali, per insidiare alla libertá, fu l'uno amazzato, l'altro messo in prigione da' dittatori; e negli ultimi tempi la sedizione de' Gracchi e la coniurazione di Catilina fu oppressa da' consuli. La autoritá ancora dello accusare era promiscua cosí a' patrizi come a' plebei, e cosí potevano chiamare uno in giudicio gli altri magistrati come e' tribuni, e' quali non furono creati per difendere la libertá contro a chi volessi opprimere tutta la republica, ma solo per difesa della plebe contro a chi la voleva opprimere; e se bene e' tribuni chiamavano piú spesso in giudicio e' cittadini, lo facevano perché essendo magistrato plebeio, avevano piú credito con la plebe, e pareva in uno certo modo che questo fussi proprio lo uficio loro.

Ma quanto al titolo della quistione, io loderò sempre piú che tutti gli altri governi uno governo misto come di sopra, ed in uno governo simile vorrò che la guardia della libertá contro a chi volessi opprimere la republica appartenga a tutti, fuggendo sempre quanto si possa la distinzione tra nobili e plebei; e per necessitá uno governo misto è temperato in modo, che in favore della libertá l'uno ordine è guardia dell'altro.

Ma quando fussi necessitato mettere in una cittá o uno governo meramente di nobili o uno governo di plebe, crederrò sia manco errore farlo di nobili; perché essendovi piú prudenzia ed avendo piú qualitá, si potrá piú sperare si mettino in qualche forma ragionevole, che in una plebe la quale essendo piena di ignoranzia e di confusione e di molte male qualitá, non si può sperare se non che precipiti e conquassi ogni cosa. Né procederò con quella distinzione: o tu vuoi fare una republica che acquisti o una che conservi; perché el governo della plebe non è né per acquistare né per conservare, ed el governo di Roma era misto, non plebeo. E questa conclusione è secondo la sentenzia di tutti quelli che hanno scritto delle republiche, che prepongono el governo degli ottimati a quello della moltitudine.

CAPITOLO VI

[Se in Roma si poteva ordinare uno stato che togliesse via le inimicizie intra il popolo ed il senato.]

Io credo essere vero che volendo e' romani adoperare la plebe alla guerra, come per el piccolo numero de' patrizi erano necessitati, volendo adoperare le arme proprie, che era necessario tenerla contenta; ed el non volere fare questo e' patrizi, fu causa di tanti tumulti e sedizione, perché né gli volevano ammettere nel governo, né si astenevano da quelle ingiurie che davano causa alla plebe di desiderare di participarne; perché occupavano le possessione publiche ed erano molto rigidi nella esazione de' debiti, e si può credere che in tutte le altre cose la giustizia fussi inequale in favore di quella parte che aveva in mano tutta la autoritá. Ma dico bene, che se nel principio della libertá non fussi stata, come è detto nel quarto Discorso, la distinzione tra patrizi e la plebe; o come si fece poi per necessitá, si fussi da principio communicati gli onori, che non sarebbono stati tra loro quelli tumulti e sedizioni, e' quali cessorono subito che el governo fu communicato, insino al tempo de' Gracchi; ne' quali essendo giá corrotta la cittá, nacquono le sedizione per nuovi omori e cagione, che non furono piú della plebe contro a' patrizi, ma della gente bassa contro a' piú ricchi e piú potenti; nel quale numero si includevano molte famiglie plebee nobilitate giá per gli onori. Dico ancora che se e' patrizi, sanza communicare interamente el governo alla plebe, avessino saputo porre qualche buono ordine alle ingiurie, ed avessino aperta la via per la quale a certi tempi e' plebei principali potessino essere stati fatti patrizi, che forse non sarebbono stati quelli tumulti; perché si vedde per esperienzia che nelle legge proposte da Publio Sestio, la plebe si contentava di provedere a' debiti ed a' beni occupati, e degli onori non si curava; se non che e' plebei principali, e' quali appetivano el governo, né vi potevano entrare per altra via, esclusono la plebe da speranza di potere conseguire l'uno sanza l'altro. Non veggo adunche che a' romani fussi impossibile ordinare el governo in modo che tra 'l senato e la plebe non avessino a essere quelli tumulti e sedizione, anzi lo giudico molto facile; e poi che si poteva fare, non si possono lodare quelli defetti del governo e' quali furono causa che la cittá stessi piena di tumulti e sedizione, e di creare e' tribuni; el quale magistrato, pacificata che fu la cittá, armato di tante autoritá, fu piú presto dannoso che utile.

CAPITOLO VII

[Quanto siano in una republica necessarie le accuse a mantenerla in libertade.]

È verissimo che è molto utile, anzi quasi necessario, che in una città siano modi facili di opprimere, per via delle legge e de' giudíci, e' cattivi cittadini, ed in spezie quelli che machinassino contro allo stato; ma bisogna anche avvertire che siano ordinati in modo che gli innocenti non siano facilmente vessati o puniti. Perché, oltre a essere ingiusto è anche pernizioso alla città, perché andando questo pericolo sopra gli uomini nobili e di piú qualitá, vivendo loro con questo continuo sospetto, diventano di necessitá malcontenti, e la mala contentezza de' piú potenti diventa in molti modi pericolosa alla republica; e se bene lo essere condannato uno cittadino a torto è in sé di poca importanzia, diventa importante per el terrore che dá agli altri; ed anche può essere lui di qualitá che faccia danno alla città, come si vedde di Alcibiade e fu per vedersi di Temistocle cacciato ingiustamente da Atene; e lo sentí Roma in Coriolano.

È adunche necessario misurare bene questa parte, e secondo la opinione mia, troppo pericoloso fare che delle accusazione sia giudice el popolo, el quale non intende né esamina le cose bene, ed [è] facile muoversi a' romori e calunnie false. Non sta anche bene in pochi cittadini questa autoritá, perché, se sono eletti di numero stretto, diventano troppo potenti, se di largo, procedono troppo respettivi; ed in fatto e' giudici vogliono essere assai, cioè piú di cinquanta. E certo el modello della quarantia di Firenze non era male considerato, se si fussino moderate molte cose che erano male disposte. E che non sia bene fare giudice el popolo delle accusazione, oltre alle ragione dette di sopra, s'ha a considerare che spesso e' cittadini che vogliono farsi grandi camminando per via del popolo, cioè proponendo cose che piaciono alla moltitudine; la quale considerando la superficie ed e' titoli, non el fine a che si tenda, è prima condotta alla servitú che si accorga dove sia menata; in modo che è impossibile opprimere questi tali per via del popolo: in esemplo ci sono e' Gracchi, e' quali, autori di legge sediziose, e tendendo a cammino di tôrre la autoritá al senato, non potettono essere oppressi se non contro alla voluntá del popolo; el simile Manlio Capitolino, contro al quale bisognò creare el dittatore, perché insino non si scoperse la pratica di farsi re, el popolo lo seguitò.

Bisogna adunche che la republica sia ordinata in modo, o che le accusazione abbino diversi giudici secondo che sono diversi gli ordini e gli omori della cittá, o che gli uomini preposti a' giudíci siano mescolati in modo che sia uno temperamento da appropriarsi a ogni spezie di mali, avvertendo che col non lo ristrignere in poco numero, siano uomini piú scelti che si possa, e che si accostino piú alla mediocritá che a alcuno degli estremi.

CAPITOLO VIII

[Quanto le accuse sono utili alle republiche, tanto sono perniziose le calunnie.]

È vera conclusione che le calunnie sono detestabili, ma tanto naturale in una cittá libera, che è difficile e forse impossibile el levarle; perché quando nasce uno carico falso contro a uno cittadino, che può nascere per malignitá di chi ne è autore ed anche per errore, come si può provedere che non si allarghi nella moltitudine, la quale è piú inclinata a credere el male che el bene? Ed anche non mancano molti che per odio o per invidia fomentino questi romori; e però a Roma nella quale la via dello accusare era sí facile e larga, quanti furono e' carichi dati falsamente a' cittadini? In esemplo ci è Fabio Massimo e molti altri, né si può sempre accusare o punire chi calunnia a torto, né si può altrimenti che per scrittura formare modo di republica che proveda cosí prontamente a tutti e' disordini. Però in ogni popolo libero fu e sará sempre abondanzia di calunniatori; basta che le calunnie false col tempo e con la veritá si spengono spesso per sé stesse. Né lo sdegno di essere calunniato traporterá mai uno cittadino grave a fare disordine contro alla republica, e se bene ará sdegno contro a chi pensa che sia stato autore della calunnia, ha anche sdegno e molto maggiore contro a chi l'ha accusato falsamente. Ma questi sdegni particulari non fanno mai disordine importante in una cittá che per altro sia bene regolata; come neanche fanno le calunnie, le quali quando sono scandolose, come fu quella di Manlio Capitolino che tendeva a sollevare la plebe contro al senato, si opprimono; se non sono scandolose si lasciano andare, perché da sé medesime caggiono. E lo esemplo di Cosimo, figurato nel Discorso suo sanza nominarlo, è uno sogno; perché a lui aperse la via alla grandezza non le calunnie, ma la prudenzia, e principalmente la ricchezza eccessiva, con le quali, essendo el governo di Firenze disordinatissimo e pieno per sua natura di sedizione, gli fu facile corrompere e' cittadini, e, fomentando le divisione della cittá, camminare, col farsi capo di una parte, alla tirannide. E perché questa materia a provare la conclusione del Discorso è stretta di esempli, fu mendicato quello di messer Giovanni Guicciardini; el quale è vero che fu calunniato ingiustamente, e che per essere e' giudíci disordinati non ebbe modo per mezzo di quegli giustificare la innocenzia sua, ancora che ne facessi ogni opera, insino

a rapresentarsi volontariamente in carcere; ma dalla calunnia sua non nacque
le divisione della cittá, né da questo si augumentorono, anzi pel contrario le
discordie de' cittadini fomentorono e feciono di piú momento questo caso suo,
che per lo ordinario non sarebbe stato.

CAPITOLO IX

[Come egli è necessario essere solo a volere ordinare una republica di nuovo, o al tutto fuor degli antichi suoi ordini riformarla.]

Non è dubio che uno solo può porre migliore ordine alle cose che non fanno molti, e che uno in una città disordinata merita laude, se, non potendo riordinarla altrimenti, lo fa con la violenzia o con la fraude e modi estraordinari. Ma è da pregare Dio che le republiche non abbino necessitá di essere racconcie per simile via, perché oltre che gli animi degli uomini sono fallaci, e può uno sotto questo onesto colore occupare la tirannide, ci è anche pericolo che la volontá da principio buona non diventi cattiva; perché chi fa questo, non può subito constituite le legge, deporre la autoritá, perché essendo introdotte per violenzia sarebbono incontinenti annichilate, e però bisogna continui tanto nella autoritá che el progresso del tempo e la esperienzia le stabilisca; ed in questo spazio può accadere che la dolcezza della potenzia e la licenzia del principato gli faccia mutare in mala la intenzione che da principio fussi stata buona. È adunche questo uno modo di medicina desiderabile quando non vi sia altra speranza di salute, ma pericoloso e di malo esemplo; ed è laudabile sommamente colui che non ritiene in sé questa autoritá se non quanto è necessario a stabilire le cose ordinate, come fece Licurgo e se alcuno altro si può addurre in esemplo. Ma chi ritiene la potenzia mentre vive, se bene governa rettamente e lascia doppo sé forma buona di reggimento, non so quanto sia da essere laudato, perché non si può interpretare se non che sia mosso per ambizione propria; e se bene sia utile alla cittá quello che ha fatto e non sia detestabile come chi usa male la autoritá occupata, pure non manca anche lui di ogni reprensione. A quello che dice el Discorso che Romolo spettò al bene commune e non alla propria ambizione, avendo constituito uno senato, non dico ora altro, perché bisogna prima bene leggere e considerare la vita di Romolo, el quale, se bene mi ricordo, si dubitò non fussi amazzato dal senato per arrogarsi troppa autoritá: bisogna considerarla bene.

CAPITOLO X

[Quanto sono laudabili i fondatori d'una republica o d'uno regno, tanto quelli d'una tirannide sono vituperabili.]

El titolo di questo Discorso è verissimo, perché somma laude meritano e' fondatori de' regni e delle republiche, sommo biasimo e' fondatori della tirannide. Ma perché e' casi sono vari, e lo autore confonde gli esempli, bisogna considerare che rare volte occorre che chi occupa la tirannide nella patria libera abbia tale necessitá di farlo, o, se ha necessitá, che sia causata sanza colpa sua, talmente che gli resti colore alcuno di giustificazione. E questa sorte di uomini, tra' quali fu Cesare, pieno di molte altre virtú, ma oppresso dalla ambizione del dominare, sono certo immanissimi e detestabili. È vero che qualche volta le forme delle libertá sono sí disordinate, e le cittá ripiene tanto di discordie civili, che la necessitá conduce qualche cittadino, non potendo salvarsi altrimenti, a cercare la tirannide o a aderire a chi la cerca. Nel quale caso sarebbe molto laudabile chi preponessi l'amore della patria alla salute sua particulare; ma perché questo amore o questa fortezza si desidera negli uomini piú presto che la si truovi, merita essere assai scusato chi è mosso da tale cagione, e tanto piú se el governo contro al quale va è disordinato, perché molte sono chiamate spesso libertá che non sono. Lo esemplo si può porre nella nostra cittá dove, doppo la mutazione dello stato del '26, sono stati perseguitati e conculcati alcuni cittadini buoni e bene qualificati, ed in ultimo nella venuta del principe di Oranges, necessitati o disubidire a' comandamenti fatti dalli otto di fermarsi in Firenze sotto pena [di] rebellione, o restare con pericolo di essere amazzati, ed almanco con certezza di essere sostenuti come sospetti. E' quali la necessitá ha condotti o a desiderare la mutazione di uno stato che sotto nome di libertá è tirannico e distruttore della patria, o tacitamente lasciarsi con somma ingiustizia tôrre la patria e le facultá. Chi adunche è autore nella patria libera, di una tirannide, e lo fa per appetito di dominare, merita somma reprensione; e di questi fu Cesare, Falari, Pisistrato e simili, de' quali è piú infame l'uno che l'altro, secondo che piú o manco crudelmente la usorono, e secondo che furono piú o meno ornati di altre virtú.

L'altro caso è di quegli a chi la tirannide è lasciata ereditaria, che meritano manco biasimo continuando in esso, che non fanno quegli che da principio l'hanno fondata; e lasciandola meriterebbono tanto piú laude, quanto manco sono debitori di cancellare el peccato d'averla usurpata. Di questi si truova pochissimi, o forse nessuno, che sanza necessitá l'abbino lasciata; né è maraviglia, perché chi è nutrito in una tirannide non ha occhi da cognoscere quella gloria che si acquista di mettere la patria in libertá, né considera questo caso con quello gusto che fanno gli uomini privati, perché, assuefatto a quello modo di vivere, giudica che el sommo bene sia nella potenzia, e non cognoscendo el frutto di quella gloria, nessuna altra ragione gli può persuadere a lasciare la tirannide. Sanza che, el pericolo lo può ritenere, quando bene n'avessi voluntá, perché difficile è che una tirannide si sia potuta acquistare e conservare sanza molte inimicizie e sanza offesa di molti; però ridursi privato o lasciare doppo sé e' figliuoli privati, pare cosa pericolosa, massime che e' popoli sono ingrati, e le libertá nuove sono communemente piene di disordini. E se lo fece Silla è esemplo rarissimo, e lo potette fare piú sicuramente, perché el governo restò in mano degli uomini della sua fazione, in modo che non solo fu sicuro mentre visse, ma ancora, morto lui, furono conservati gli atti suoi ed avuto reverenzia alla sua memoria.

È altro el caso di quelli che sono re e príncipi, o creati legittimamente, come erano e' re di Lacedèmone, come furono e' primi re romani, o che per la lunghezza del tempo sono tenuti legittimi. Di questi tali, se hanno la autoritá sciolta, si truova pure qualcuno che governa giustamente, in modo che merita el nome di essere buono principe; ma io non so quali che riduchino el regno a quella perfezione di ordini che meritamente doverrebbe essere, cioè a ordinarlo in modo che non e' figliuoli o e' piú prossimi abbino el regno per ered[ità, ma che si succeda per elezione. E se in alcuno regno è stata questa instituzione, credo che ve l'abbia conservata piú qualche necessitá che la voluntá di chi ha regnato, perché troppo grande è lo amore che e' padri portano a' figliuoli, né piccolo è quello che si porta a lasciare illustre la memoria della sua casa.

Però questi pensieri che e' tiranni deponghino le tirannide, e che e' re ordinino bene e' regni, privando la sua posteritá della successione, si dipingono piú facilmente in su' libri e nelle immaginazione degli uomini, che non se ne eseguiscono in fatto; anzi, quanto e' ragionamenti de' privati ne sono spessi, tanto ne sono rari gli esempli; e però meritano minore reprensione coloro che non fanno le cose, simili alle quali si truovano pochissimi e forse nessuno che abbia fatto.

CAPITOLO XI

[Della religione de' romani.]

Certo è che e l'arme e la religione sono fondamenti principali delle republiche e de' regni, e tanto necessari che mancando ciascuno di questi si può dire manchino le parte vitale e sustanziali; ma io non so giá se sia vero che se s'avessi a disputare a quale principe Roma sia piú obligata, o a Romulo o a Numa, che Numa meriti la prima laude, né che le difficultá di Numa fussino maggiore; anzi io inclinerei piú presto nel contrario, e mi pare si possi mostrare con una ragione assai potente; perché se el primo re di Roma fussi stato Numa e non Romulo, certo la cittá era ne' suoi princípi oppressa da' vicini, né lasciava Numa a Romulo quel luogo di mettervi le arme che lasciò Romulo a Numa di mettervi la religione. Fu adunche a' princípi piú necessario Romulo che Numa. Di poi come anche dice lo scrittore, quelli tempi ed ancora le cittá vicine furono piene di religione, in modo che con lo esemplo e similitudine di quelle fu facile disporvi el popolo romano. E che questo sia vero lo mostra che, morto Romulo, el popolo ancora ferocissimo ed assuefatto in su le arme, elesse volontariamente per re non uno uomo bellicoso ed uso a comandare eserciti, ma desiderò avere uno re venerabile di giustizia, di religione e delle arte della pace, e non l'avendo tale in Roma lo andò a cavare delle cittá vicine; il che dimostra chiaramente che e' romani per sé medesimi furono inclinati a volersi ordinare di religione e buone legge spettanti alle arte della pace, in modo che Numa trovò gli uomini giá disposti a volere ricevere buoni ordini. E certo o la prudenzia o la fortuna de' romani, o l'uno e l'altro insieme, fu ammirabile che e' primi suoi dua re fussino eccellentissimi, l'uno nelle arte della guerra, l'altro in quelle della pace; e che el primo fussi quello della guerra, perché colle arme dette tanta vita alla nuova cittá che potette aspettare Numa e chi la ordinassi con la religione.

CAPITOLO XII

[Di quanta importanza sia tenere conto della religione, e come la Italia, per esserne mancata mediante la Chiesa romana, è rovinata.]

Non si può dire tanto male della corte romana che non meriti se ne dica piú, perché è una infamia, uno esemplo di tutti e' vitupèri ed obbrobri del mondo. Ed anche credo sia vero che la grandezza della Chiesa, cioè la autoritá che gli ha data la religione, sia stata causa che Italia non sia caduta in una monarchia; perché da uno canto ha avuto tanto credito che ha potuto farsi capo, e convocare quando è bisognato príncipi esterni contro a chi era per opprimere Italia, da altro essendo spogliata di arme proprie, non ha avuto tante forze che abbia potuto stabilire dominio temporale, altro che quello che volontariamente gli è stato dato da altri. Ma non so giá se el non venire in una monarchia sia stata felicitá o infelicitá di questa provincia, perché se sotto una republica questo poteva essere glorioso al nome di Italia e felicitá a quella cittá che dominassi, era all'altre tutte calamitá, perché oppresse dalla ombra di quella, non avevano facultá di pervenire a grandezza alcuna, essendo el costume delle republiche non participare e' frutti della sua libertá ed imperio a altri che a' suoi cittadini propri.

E se bene la Italia divisa in molti domíni abbia in vari tempi patito molte calamitá che forse in uno dominio solo non [ar]ebbe patito, benché le inundazione de' barbari furono piú a tempo dello imperio romano che altrimenti, nondimeno in tutti questi tempi ha avuto al riscontro tante cittá floride che non arebbe avuto sotto una republica che io reputo che una monarchia gli sarebbe stata piú infelice che felice. Questa ragione non milita in uno regno el quale è piú commune a tutti e' sudditi; e però veggiamo la Francia e molte altre provincie viversi felici sotto uno re; pure, o sia per qualche fato di Italia, o per la complessione degli uomini temperata in modo che hanno ingegno e forze, non è mai questa provincia stata facile a ridursi sotto uno imperio, eziandio quando non ci era la Chiesa; anzi, sempre naturalmente ha appetito la libertá, né credo ci sia memoria di altro imperio che l'abbia posseduta tutta, che de' romani, e' quali la soggiogarono con grande virtú e grande violenzia; e come si spense la republica e mancò la virtú degli imperadori, perderono facilmente lo imperio di Italia. Però se la Chiesa romana si è opposta alle monarchie, io non concorro facilmente essere stata infelicitá di questa provincia, poi che l'ha conservata in quello modo di vivere che è piú secondo la antiquissima consuetudine ed inclinazione sua.

CAPITOLO XIV

[I romani interpretavano gli auspizi secondo la necessitá, e con la prudenza mostravano di osservare la religione, quando forzati non la osservavano; e se alcuno temerariamente la dispregiava, punivano.]

Non ho per certo che e' capitani degli eserciti usassino astutamente la autoritá degli auspíci e degli augúri, ma credo che massime ne' primi tempi fussino gli animi loro occupati da questa religione; né mi repugna lo esemplo di Papirio, el quale avendo avuto la relazione da' Pullari di chi era lo officio, non aveva a attendere a quello che gli fussi referito da terze persone.

CAPITOLO XVI

[Uno popolo, uso a vivere sotto uno principe, se per qualche accidente diventa libero, con difficultá mantiene la libertá.]

Io fo in questo Discorso grandissima differenzia da uno popolo che non abbia mai cognosciuto libertá, a uno popolo che qualche volta sia stato libero, ma per qualche accidente abbia perduto la libertá; perché in questo caso si possono ripigliare piú facilmente gli ordini della libertá, vivendo ancora chi l'ha veduta e restando molte memorie della antica republica. È ancora piú acceso nel petto degli uomini el desiderio della libertá avendo provato e' mali della tirannide, e tanto piú se non è caduta loro in mano per essere mancata la linea de' tiranni, ma perché sospinti dalla acerbitá della servitú, l'abbino recuperata con le arme. Costoro ed amano piú la libertá che quello popolo che non l'ha mai cognosciuta, e sono piú facili a ripigliare gli ordini delle republiche; ed anche la materia è piú disposta, perché in una cittá che sempre abbia avuto principato è grande inequalitá da uno cittadino all'altro, che è tutto contrario alle libertá sotto le quale sono gli uomini assai equali. Ma sotto el principato alcuni sono grandissimi, altri piccoli, perché el principe o per bisogno o per conformitá di animo ha uno cerchio di uomini che si accostano quasi piú al principe che al privato.

È adunche questa inequalitá molto disproporzionata alla libertá in uno popolo che sempre abbia avuto principato, la quale non può essere in una cittá che non sia stata in molto lunghissima servitú; perché communemente chi occupa le libertá, per disperare manco el popolo, per violentare manco le cose, ritiene quanto può la immagine della libertá, e secondo la superficie delle cose, si ingegna governare la tirannide a uso di republica, e però non si spegne al tutto la equalitá de' cittadini. Né mi siano allegati in contrario e' romani che si accommodorono bene alla libertá ancora che mai non l'avessino cognosciuta, perché dal transferire la potestá de' re a' consuli in fuora, non mutorono niente degli ordini che erano sotto e' re; e' quali se furono buoni, non nacque tanto da prudenzia loro, quanto da buona fortuna, da essere stati gli ordini del regno tali che servirono anche alla libertá; e la creazione de' consuli si crede non fussi invenzione loro ma imparata de' commentari di Servio Tullio. Mostrasi questo essere vero, perché gli altri ordini che furono necessari alla conservazione della libertá ed alla quiete della cittá, ma gli feciono in progresso di tempo stretti dalla necessitá ed ammaestrati dalla esperienzia. Né mancò a' romani quell'altro aculeo a desiderare la libertá, cioè l'avere provato le ingiurie della tirannide, perché non occasione o altro accidente gli mosse, che l'avere sentito sotto Tarquinio acerbissima servitú. Ed è anche minore maraviglia che fussino inclinati alla libertá, perché in quelli tempi quasi tutti e' popoli vicini erano liberi; e' quali esempli muovono ed infiammano gli uomini assai.

È adunche difficile conservare una libertá acquistata di nuovo, e molto piú difficile a uno popolo stato in continua servitú, che a quello che qualche volta è stato libero; né ci è el migliore remedio a poterla conservare, che ordinare uno governo in modo temperato, che da uno canto abbia vivacitá a opprimere chi machinassi contro alla libertá, da altro sia sicuro per quelli che vogliono vivere bene, e non inclinato a battere e' ricchi e potenti quando non ne diano causa, e facile a ricevere quelli cittadini che sono stati amici della tirannide, quando o e' portamenti loro o le condizione che hanno, diano speranza che non abbino a essere inimici della libertá. Perché accade molte volte, e n'abbiamo visto la esperienzia in Firenze, che quando el governo che succede alla tirannide è ragionevole, bene ordinato e sicuro per ognuno, che quelli che hanno potuto co' tiranni vi si contentano drento, massime in quelle cittá che hanno naturale lo appetito della libertá; perché trovandosi buone facultá come ha el piú delle volte chi è stato favorito, ed avendo forse piú d'apresso che gli altri cognosciuto e' fastidi della servitú, volentieri, quando truovano sicurtá e condizione equale agli altri cittadini, si riposano e godono el suo. E lo assicurare gli uomini di questa sorte, pacifica ed unisce la cittá; dove l'avergli a sospetto ed el travagliargli non la lasciano riposare, né se si tengono drento né se si cacciano fuora.

Sia adunche ordinata in modo la republica che abbia prontezza a punire chi machina contro allo stato, ed in questo sia rigida ed inesorabile, ripigliando per peccati gravissimi etiam quelli che paino leggieri; ma non perseguiti alcuno per semplice sospetto, né abbia per sospetti tanto quelli che hanno avuto condizione sotto el tiranno, quanto gli uomini che sono di natura inquieti, quelli che sono caduti in povertá, o che sono di qualitá che non possono sperare condizione se non sotto el tiranno. Guardisi sopra tutto che nella cittá non nasca divisione, le quali nascono ogni volta che el governo non è bene ordinato, perché nelle divisione quella parte che può manco, si gettano al tiranno ancora che fussino stati inimici suoi. Queste furono le cagione che feciono rimettere e' Medici in Firenze nel '12, non dagli antichi amici loro, ma da molti che erano stati inimici; ed el perseguitare doppo el '26 acerbamente sanza distinzione quelli che erano stati amici loro, hanno fatto desiderare da molti la ritornata loro, che altrimenti l'arebbono aborrita non manco che gli altri. Non desideri la nuova libertá che vi sia figliuoli di Bruto, cioè chi machini contro allo stato, per avere causa di acquistare riputazione e terrore con la severitá, perché se bene in simili casi è necessario mettere mano nel sangue, sarebbe stato meglio non avere avuto necessitá, e che Bruto non avessi figliuoli, che averne per averli amazzare. Né abbi in concetto de' figliuoli di Bruto altri che quelli che sono inquieti per natura, rapaci, e che non hanno qualitá d'avere luogo nella libertá, perché questi sono quelli che sono pericolosi, non coloro che, accommodati di facultá e di qualitá, possono sperare di sentire e' frutti della libertá insieme cogli altri.

Quanto a uno principe che abbia inimico el popolo, poi che questo anche è tócco nel Discorso, dico che se gli è inimico per le oppressione ed acerbitá della servitú, è facile a provedergli, levando via le ingiurie e governando giustamente ed umanamente; ma se la radice della inimicizia è il desiderio della libertá, come abbiamo visto nel nostro di Firenze, che desiderava essere libero per participare degli onori, per avere mano nel governo, allora nessuna dolcezza, nessuna mansuetudine, nessuno buono trattamento del tiranno è atto a eradicare questo desiderio, né mai el tiranno con tutti e' buoni trattamenti se ne può fidare. È bene vero che quando gli uomini oltre ad essere privati della libertá sono anche male trattati, vengono in disperazione, e chi è disperato non aspetta le occasione, ma le cerca, e per liberarsi si mette a ogni pericolo; dove coloro che non hanno altro tormento che el desiderio della libertá, non si precipitano ma aspettano le occasione; le quali quando vengono, non giova al tiranno essersi portato bene ed avere governato dolcemente, ed avere fatto come Clearco; del quale è puerile credere che amazzassi gli ottimati per satisfare al popolo, perché se fussino stati amici suoi arebbe fatto poco guadagno, ma che avendoli sospetti e volendoli opprimere dessi colore di farlo per compiacere al popolo. El remedio adunche che ha el principe, è, o farsi partigiani di qualitá che siano potenti a opprimere el popolo, overo col battere ed annichillare el popolo di sorte che non possa muoversi, introducere nuovi abitatori e di qualitá che non abbino a avere causa di desiderare la libertá.

CAPITOLO XXIII

[Che non si debbe mettere a pericolo tutta la fortuna e non tutte le forze; e per questo, spesso il guardare i passi è dannoso.]

Io non credo che dalla conclusione che fa el Discorso, ancora che sia verissima, si possa riprendere el partito che d'accordo feciono gli albani ed e' romani; perché se bene ognuno di loro aventurò tutta la fortuna e non tutte le forze, s'ha a considerare che quello che ciascuno diminuí a sé tolse ancora al compagno, in modo che la perdita ed el guadagno furono pari; e quando e' partiti sono equali si possono male riprendere. Se e' romani verbigrazia, con parte delle forze loro avessino combattuto contro a tutte le forze degli albani, sarebbe stato imprudenzia; ma avendone diminuite altante agli albani, restorono cosí potenti combattendo con parte delle forze loro contro a equale parte delle forze degli inimici, come se con tutte avessino combattuto contro a tutte. Ed hassi a considerare che se bene la consanguinitá che si reputava tra l'uno popolo e l'altro, gli condusse a disputare lo imperio con modo sí mansueto, per non si distruggere totalmente e perché l'uno non aspettava mala compagnia dall'altro; pure è credibile che la ragione principale fussi el cognoscersi pari di forze, in modo che fussi difficile fare giudicio a chi, facendo guerra ordinaria, fussi per inclinare la vittoria. Che se uno di loro avessi cognosciuto avere vantaggio, pare verisimile che non fussi stato né sí buono né sí imprudente che avessi accettato quello partito; e presupposta questa equalitá, io non veggo che questa deliberazione, non solo tra popoli congiunti, ma etiam tra popoli estranei, si possa biasimare, di volere che sanza tante uccisione e destruzione che fanno le guerre, fare pruova di chi ha a essere el dominio. E se bene pare troppo resoluto el mettersi a sí presto sbaraglio, el tôrsi la facultá di potersi rifare, di potere contendere la fortuna, ci è el contrapeso che tutte le medesime condizione sono nell'altra parte, in modo che se ti fa piú facile la perdita, ti fa anche piú facile la vittoria.

Quanto al non si opporre allo inimico in su' passi delle Alpe, credo sia cosa che abbia bisogno di buona considerazione e di buono occhio; perché el sito può essere tale che con ragione si può sperare tenere el passo, o almanco perderlo con poco danno tuo e con molto danno degli inimici; può anche essere lo inimico condizionato in modo che el torgli tempo importi assai, e lo opporsi al passo de' monti faccia questo effetto, che almanco lo costringa a dimorarvi molti giorni, come si legge di Tito Quinzio in Macedonia, e di altri capitani. Ed in ciascuno di questi casi credo sia laudabile chi tenti questa difesa, la quale si legge uomini grandi avere fatto in su' monti ed in su' fiumi, ne' quali è quasi la medesima ragione; ed a' tempi nostri Consalvo Fernando per mettersi in sul passo del Garigliano roppe e' franzesi; ed in Livio, Scipione riprese Antioco che non avessi fatto pruova di proibire a' romani il transito dello Ellesponto. Bisogna che el capitano sia perito, e consideri bene il sito e le qualitá degli inimici e le forze sue; e certo gli è facile a considerare se el luogo è di qualitá che possa esservi urtato, e se è capace di gente grosse a offesa e difesa, perché le medesime difficultá e del non potere molti stare ne' luoghi stretti e del mancamento del vivere, può militare a chi tenta passare come a chi tenta proibire. E quando pure passi per altri luoghi, come feciono e' franzesi nel 1515, è sanza danno di chi difende, perché non viene a incontrarsi in loro, né gli toglie le occasione di fare nel piano le medesime difese che arebbe potuto fare prima, come feciono e' svizzeri, a' quali non questo disfavore che può poco apresso a uomini militari, non lo sbigottimento che non muove chi non ha collocato tutta la speranza sua in su' monti, ma altri disordini, e disordini tra loro, feciono che non tutti, ma parte, feciono la giornata col re a Marignano; nella quale s'avessino combattuti tutti, forse non erano perdenti.

Vegga adunche uno capitano, se ha modo da sperare di potere tenere el passo allo inimico, perché è sicurissimo partito con parte delle tue forze potere impedire tutte le forze contrarie. Vegga se almanco gli importa el fargli perdere tempo, e sperando o l'uno o l'altro come facilmente può accadere, e credo che in ogni parte si truovino esempli, sará laudato a opporsi a' passi de' monti. Consideri ancora se alla campagna confidi piú nelle forze sue che tema in quelle delli inimici, e secondo queste considerazione si risolva, né tenga conto dello esemplo de' romani allegato nel Discorso; perché oltre alle altre ragione che gli arebbono forse potuto fare risolvere a non tentare questa difesa, ci concorse anche la impossibilitá, perché non erano signori di quelle Alpe donde passò Annibale, né del piano anche circumiacente per lungo spazio; e sarebbe stato partito imprudentissimo condurre lo esercito in luogo che avessino avuto a combattere con gli uomini del paese e con gli inimici, e dove mancassi loro da vivere ed avanzassino tutte le altre difficultá. Anzi questo esemplo si può ritorcere in contrario, perché avendo Annibale nel transito delle Alpe ricevuto tanto danno per le molestie de' paesani, quanto piú n'arebbe verisimilmente ricevuto, se vi avessi anche trovato la resistenzia de' romani!

Non è la ragione che pochi capitani si siano messi a proibire e' passi de' monti, perché non abbino voluto aventurare parte delle forze con tutta la fortuna, il che non è da fuggire quando concorrono tanti altri vantaggi che sono per supplire alle forze che mancano, ma perché è difficile el farlo.

CAPITOLO XXIV

[Le republiche bene ordinate costituiscono premi e pene a' loro cittadini né compensono mai l'uno con l'altro.]

Si può dire forse di Orazio che fu assoluto non tanto per la considerazione de' meriti suoi, quanto perché non paressi errore amazzare una sorella che si lamentava di quello che era causa della salute e libertá della patria, ed insultava al fratello autore di tanto bene; ed intendendola cosí, non è maraviglia fussi chiamato in giudicio, perché di necessitá l'omicidio aveva bisogno di assoluzione, fatta non da' privati ma dal publico. Nondimeno la veritá pare che sia che lo amazzarla fussi delitto, perché se lei aveva fallato, non spettava a' privati ma a' magistrati punirla, e che la memoria de' meriti causassi la assoluzione di Orazio, concorrendo massime che lei pareva glien'avessi dato qualche causa poi che con pianti e querele era andato turbandogli sí bella vittoria. Ed in tal caso concorrendo tutte queste circunstanzie di essere l'omicidio fatto non pesatamente, ma con ira provocata ed assai giusta da uno giovane irritato nella gratulazione di sí bella vittoria, di avere offeso non altri che el padre e loro medesimi, di essere e' meriti di Orazio sí grandi e sí freschi, sarebbe stato piú reprensibile el popolo romano d'averlo condannato, che non fu d'averlo assoluto. Non perché sia bene fare regola di potere compensare el male col bene, che, come dice el Discorso, saria pernizioso, ma perché dove concorrono tante circunstanzie sia molto conveniente partirsi dalla regola e fare esemplo non a chi vuole indistintamente compensare e' meriti co' peccati, ma a chi ha a giudicare, di poterlo compensare, concorrendo tante cagione quante concorsono nel caso di Orazio.

CAPITOLO XXV

[Chi vuole riformare uno stato anticato in una cittá libera, ritenga almeno l'ombra de' modi antichi.]

La conclusione del Discorso è piú necessaria a chi non muta spezie di governo, ma lo riforma, verbigrazia a chi vuole introdurre nuovi ordini in una cittá libera, che a chi muta spezie di governo; perché se di uno regno io introduco una libertá come feciono e' romani, essendo giá nella opinione degli uomini che quello vivere non sia buono, non accade conservare sí esattamente gli ordini antichi. E lo esemplo de' littori e del re sacrificulo non sono di molto momento; perché nell'uno s'ebbe rispetto alla superstizione che potevano avere gli uomini nella religione, nell'altro non sarebbe stato tollerabile che mutando la potestá regia come troppa, si armassino e' consuli con insegne di maggiore potestá.

CAPITOLO XXVI

[Uno principe nuovo, in una cittá o provincia presa da lui, debbe fare ogni cosa nuova.]

Sono alcune cittá o regni e' quali tengono poco conto delle mutazione del principe, né sono anche solite a essere governate sí legittimamente che non possino comportare uno principe che domini poco politicamente. In quelle che sono di questa sorte non sono necessari remedi sí forti, a fondare el principato, e se vi è alcuno particulare non contento della mutazione, uno principe savio ha molti modi di guadagnarlo, pure che questa displicenzia sia fondata in sul rispetto dello interesse proprio, perché non gli mancano modi a contentare gli uomini collo utile e con l'onore. Ma la difficultá è dove la inclinazione del popolo è tutta contraria al nuovo governo, come sono le cittá solite a essere libere, quando vengono sotto uno tiranno; come e' regni che sono stati lunghissimamente sotto una progenie, che amano communemente quello nome e quella memoria; benché questi si potria sperare di guadagnare co' buoni trattamenti, e' quali al fine potrebbono fare dimenticare la memoria de' príncipi passati. Ma a quelli che hanno per inclinazione la libertá, non è sufficiente remedio el trattarli bene, perché non si può con alcuna dolcezza eradicare del petto loro quello desiderio di [non] ricognoscere superiore, di governare; e però in simile caso bisogna usare de' rimedi forti, avendo però innanzi agli occhi che quella parte che si può guadagnare co' benefíci, di guadagnarli; perché e' remedi violenti, se da uno canto ti assicurano, dall'altro, massime a uno principe che non sia fondato in sulle arme proprie, fanno in mille modi debolezza. Però bisogna che el principe abbia animo a usare questi estraordinari quando sia necessario, e nondimeno sia sí prudente che non pretermetta qualunque occasione se gli presenti di stabilire le cose sue con la umanitá e co' benefíci, non pigliando cosí per regola assoluta quello che dice lo scrittore, al quale sempre piacquono sopra modo e' remedi estraordinari e violenti.

CAPITOLO XXVIII

[Per quale cagione i romani furono meno ingrati contro agli loro cittadini che gli ateniesi.]

Se Roma non avessi mai doppo la cacciata de' re perduta la sua libertá, si potria forse approvare la ragione considerata nel Discorso, dello essere stati piú pronti gli ateniesi a battere e' suoi cittadini che non furono e' romani; ma chi considera che e' dieci occuporono la tirannide e la tennono occupata insino che la necessitá gli strinse a deporla, dirá che da altro fondamento sia nata questa differenzia, e massime ricordandosi che nel tempo ancora della recuperazione, nel quale per essere piú fresca la memoria delle ingiurie si suole procedere piú atrocemente, Roma contro a' dieci e contro agli aderenti loro procedé umanissimamente e con somma circunspezione. Però bisogna dire che o sia nato dalla natura de' romani, ne' quali non fu quella leggerezza che negli ateniesi, conformi in questo alla proprietá degli altri greci; overo, come io credo, che la diversitá del governo ne fussi causa, perché el governo ateniese fu meramente populare, e nelle concione del popolo si trattavano le guerre, le pace e le altre deliberazione importante; ma in Roma, se bene el popolo ebbe la parte sua, vi fu grande la autoritá del senato, ed alla plebe fu el contrapeso della potenzia della nobilitá, e communemente dalla creazione de' magistrati in fuora, e constituzione della nuova legge, le cose grave si trattavano nel senato, e se bene e' tribuni avevano autoritá portarle al populo, nondimeno non fu usata se non dove fu o temeritá grande, o urgente cagione.

Donde nacque che in Atene e' cittadini potettono molto piú facilmente con le arte populare farsi grandi che in Roma, e nel governo meramente populare potettono piú facilmente venire in sospetto, e con piú leggerezza e manco considerazione essere oppressi. Ma in Roma fu piú moderata la grandezza de' cittadini, avendo bisogno a continuarvi dentro non solo del favore populare, ma etiam del consenso del senato; e dove è minore grandezza de' cittadini, è minore causa di sospettare di loro; e dove el governo è misto, non è né tanta inclinazione, né tanta facilitá di battere e' potenti; e' quali, se bene in Roma potevano essere accusati al populo da uno tribuno, poteva anche un altro tribuno opporsi alla accusazione, e l'arebbe forse fatto vedendola calunniosa. La qualitá adunche del governo de' romani, piú grave per sua natura, piú temperato, piú prudente che quello degli ateniesi, fu causa che e' cittadini ebbono manco aperta la via alla tirannide; ed in consequenzia vi fu minore ragione di sospettare di loro, ed anche non vi potette essere tanta facilitá di battere e' potenti.

CAPITOLO XXIX

[Quale sia piú ingrato, o uno popolo o uno principe.]

Se bene la ingratitudine si usa qualche volta per avarizia, qualche volta per sospetto, si usa anche per altra cagione, come è per ignoranzia e per malignitá, che ha per radice la invidia; e considerando bene tutte queste origine sua, non credo ne sia piú alieno uno popolo che uno principe, anzi tutto el contrario. Parliamo, come dice lo scrittore, di quella ingratitudine che si usa contro a coloro che si sono maneggiati in faccende publiche, la quale è in dua modi: o non gli premiando come meritano, o offendendogli in cambio del remunerargli; questa è piú perniziosa, quella è piú frequente, e ne l'una e l'altra chi esaminerá diligentemente troverrá el popolo non errare manco che 'l principe, anzi a giudicio mio piú. E prima, quanto alla avarizia, la quale rarissime volte causa ingratitudine in altro che in remunerare, credo che se poco ci pecca el populo, el quale per instinto suo è raro e piccolo remuneratore, che anche non molto ci pecchi el principe, perché ha infinite occasione di remunerare gli uomini sanza toccare la borsa sua, e di cose ancora che non ritengono in sé ma sono soliti dare agli altri. E sanza dubio, se bene e' príncipi lascino spesso per avarizia o per essere di natura ingrati, che è un'altra cagione che si può aggiugnere alle preallegate, di premiare chi ha bene servito, sono anche, a comparazione delle remunerazione de' popoli, infiniti gli esempli de' príncipi che hanno remunerato. Né mi si alleghi in questa parte e' magistrati, che el popolo spesso dá successivamente a' suoi cittadini quando si sono portati bene, perché lo fa piú per opinione o speranza di esserne bene servito, che per gratitudine de' benefíci ricevuti.

Quanto al sospetto, credo che per lo ordinario molto piú leggermente e con minori fondamenti insospettisca uno populo che uno principe, perché usa manco diligenzia ed ha minore modo di riscontrare una calunnia falsa; e come comincia a insospettire, disonora sanza rispetto di chi ha sospetto, sanza usarci drento arte o circunspezione alcuna; dove uno principe che non sia al tutto imprudente va qualche volta simulando, e se si astiene di confidarsi di lui in quelle cose che gli potrebbono fare pericolo, non si guarda dalle [altre], avendo avvertenzia di non lo disperare. E certo infiniti sono gli esempli e delle republiche e de' príncipi che per sospetto hanno usato ingratitudine; e se [Roma] errò in questo manco che le altre republiche, ci errò molto piú che non dice el Discorso, come di sotto si dirá; né gli esempli di Camillo e di Scipione sono escusabili per quella via. Confesso bene che in questo caso sono piú gagliardi e' morsi de' príncipi, perché piú facilmente assai vengono al coltello ed alle esecuzione forte, che non fa el popolo.

Quanto agli altri duoi capi della ignoranzia e della malignitá fondata in su la invidia, credo che sanza comparazione el popolo sia piú ingrato, perché e per essere distratti gli uomini a varie faccende, e per altre cagione, manco intende, manco distingue e manco cognosce, che non fa uno principe; e quanto alla invidia, cade piú facilmente negli uomini popolari, a' quali ogni grandezza punto eminente o di nobilitá o di ricchezze o di virtú o di riputazione è ordinariamente molesta; né cosa alcuna dispiace loro che vedere altri cittadini che abbino piú qualitá di loro, e questi sempre desiderano abbassare. Non interviene cosí in uno principe, che non gli accade avere invidia a chi è inferiore di lui; e però dove la grandezza degli altri non sia tale che gli generi sospetto, non gli sará molesta né la batterá per questa malignitá.

Restano gli esempli allegati nel Discorso; perché quello che fece Muziano contro Antonio Primo non è esemplo di ingratitudine di uno principe verso el suddito, ma di dua che vivono sotto uno principe, de' quali ciascuno cerca tirare a sé proprio la riputazione delle cose fatte; ed el non v'avere provisto Vespasiano non nacque da sospetto che avessi di Antonio Primo, ma dal dispiacergli la natura insolente di Antonio, e molto piú dal rispetto grande che aveva a Muziano. Non serve ancora al discorso nostro lo esemplo di Consalvo Ferrante, al quale el re Don Ferrando non si potette chiamare ingrato, avendolo remunerato in modo che di povero cavaliere aveva stati per trentamila scudi; e se gli tolse el governo del regno, ne fu causa che per molte ragione ebbe giusto sospetto di lui per le differenzie che nella successione del regno potevano nascere tra lui e gli eredi del re Filippo; ed inoltre è certo che Consalvo governava el regno con tanta autoritá, che al re non ne restava altro che el nome regio. In modo che non si chiama ingrato quello principe che provede che chi l'ha beneficato non lo possa offendere, e di godersi lui quello che ha acquistato per mezzo suo, faccendolo con quello modo che fece el re Don Ferrando;

perché Consalvo visse di poi sempre in Spagna ricco ed onoratissimo tra gli altri grandi.

Quanto agli esempli della ingratitudine di Roma, se in quella se ne truova manco che nell'altre republiche, ne è causa che ebbe el governo piú ordinato che molte altre, benché anche quella non manca degli esempli suoi; come in Camillo, lo esilio del quale si può male scusare, come in Fabio Massimo che per avere preso el vero modo di difendere Roma da Annibale, fu con tanta ignominia fatto pari al maestro de' cavalieri, come in Cicerone oppressore della coniurazione di Catilina, come in Metello, Publio Rutilio ed in molti altri uomini clari ed innocenti che furono in vari tempi condannati o mandati in esilio. E mi maraviglio che el Discorso scusi el caso di Scipione, volendo attribuire al sospetto quello che nacque meramente da invidia e da ignoranzia; perché nel tempo suo Roma si reggeva in modo che non aveva da temere di alcuno cittadino, né la grandezza di Scipione fu spaventosa, non essendo fondata in su sètte né séguito di uomini, ma in quella autoritá che gli dava nella cittá la virtú ed e' meriti suoi. La quale non fu mai tale né che fussi padrone delle deliberazioni publiche, né che a modo suo si creassino e' magistrati; in modo che mai non dispiacquono agli uomini savi e' progressi suoi, e se Catone gli fu opposito, nacque o da inimicizia particulare, o da quella inclinazione che lui ebbe sempre contro alla nobilitá, non da utilitá publica; la santitá di chi, non scusa questa ingratitudine, perché e' costumi di Catone furono santi, per essere pieno di quella antica severitá ed austeritá, ma non mancò giá di nota di ambizioso, di persecutore della nobilitá, di lingua immoderata e di acerbitá di natura, e lo mostrò in questa cosa, che morto ancora Scipione e cosí cessato ogni colore di potere allegare el sospetto, fu piú acerbo contro a Asiatico suo fratello.

Né voglio pretermettere che quello che dica el Discorso è molto alieno dalla veritá, che in una republica non ancora corrotta sia utile alla libertá che el popolo qualche volta offenda chi doverrebbe premiare, e sospetti di chi doverrebbe confidare; perché ogni ingratitudine, ogni ingiustizia è sempre perniziosa, e la republica debbe essere temperata in modo che sempre e' buoni siano onorati e gli innocenti non spaventati. Confesso bene questo essere minore errore, lo astenersi qualche volta per sospetto di confidare de' buoni, che non è el rimettersi in mano de' cattivi; ma questa ragione non fa che el minore male sia bene, quando non s'ha necessitá di eleggere o l'uno o l'altro.

CAPITOLO XXX

[Quali modi debbe usare uno principe o una republica per fuggire questo vizio della ingratitudine; e quali quel capitano o quel cittadino per non essere oppresso da quella.]

Io laudo che uno principe vadia nelle espedizione personalmente, perché procedono con altra riputazione; ed altrimenti è servito da tutti e' suoi che quando le amministra per capitani; e credo che el ricordo del Discorso sia forse necessario a uno tiranno o a chi non abbia bene fermo lo stato suo, ma di poco frutto a uno re grande e naturale. E ne vediamo tuttodí lo esemplo de' príncipi nostri, e' quali se bene communemente fanno le guerre per capitani, non gli accade però, o rarissime volte, uno di questi sinistri.

CAPITOLO XXXII

[Una republica o uno principe non debbe differire a beneficare gli uomini nelle sue necessitadi.]

Altro è con nuovi benefíci nel tempo della necessitá cercare di farsi piú amico uno che per lo ordinario ti sia amico, altro è cercare di guadagnarsi uno che totalmente ti sia inimico. Nel primo è molto piú facilitá, come intervenne a' romani, el secondo è difficillimo; e nondimeno nel primo ancora è sanza comparazione piú utile averlo fatto innanzi al bisogno. Ma nell'uno caso e l'altro non biasimo chi è stato imprudente a non vi provedere prima, se condotto alla necessitá tenta questo rimedio, el quale se bene ha poca speranza di giovare, non ha con seco pericolo di nuocere.

CAPITOLO XXXIX

[In diversi popoli si veggano spesso i medesimi accidenti.]

Io non credo che la querela de' fiorentini contro al magistrato de' dieci fussi al tutto sanza ragione; perché secondo gli ordini antichi della cittá fatti in diversa spezie di governo, quello magistrato aveva piú autoritá che non comportava una libertá bene ordinata, essendo in potestá loro fare sanza participazione di altri, pace, guerre, triegue, leghe, soldare capitani chi e quanti e come volevono, spendere tutti e' danari sanza alcuno stanziamento o freno, ed avendo generalmente nelle cose appartenenti alla guerra tanta autoritá, quanta el popolo fiorentino. Dalla quale autoritá troppo assoluta nacquono in buona parte le opinione populare di non volere servire piú quello magistrato; ma avendo mostrato la esperienzia che se bene la troppa autoritá era perniziosa, era anche dannosissimo alla cittá mancare ne' tempi difficili di uno magistrato di uomini prudenti che vigilassi ed indirizzassi le cose, cognoscendo con le bastonate quello di che non erano stati capaci con la ragione, creorono di nuovo el magistrato de' dieci sopra la guerra, limitandogli la autoritá in quelle cose che erano giudicate pericolose, alle quali ordinorono bisognassi la participazione degli ottanta. E fu questa deliberazione tale che mai piú poi, eziandio in tempo di pace, si fece difficultá di creare quello magistrato, chiamandoli non dieci di balía come prima per la autoritá assoluta che avevano, ma dieci di libertá e pace.

Non è simile lo esemplo di Terentillo, perché la autoritá de' consuli, quando non erano nelle espedizione, non era in parte alcuna assoluta, ma sottoposta alla provocazione al populo, impedita dalla intercessione de' tribuni, ed in tutte le cose gravi piú tosto esecutrice de' pareri del senato che padrona, e però vi era manco cagione di moderarla, anzi era moto tutto sedizioso ed a fine di introducere uno governo interamente populare e licenzioso. Donde nacque che ancora che in quelli tempi la plebe potessi assai e fussi molto volta a battere e' magistrati patrizi, si difese piú facilmente la autoritá consulare come autoritá non troppa, ma moderata e conveniente.

CAPITOLO XL

[La creazione del decemvirato in Roma, e quello che in essa è da notare: dove si considera, intra molte altre cose, come si può o salvare, per simile accidente, o oppressare una republica.]

Io mi persuado che el principale errore che facessi Appio ed e' compagni fussi el persuadersi di potere fondare in quelli tempi una tirannide nella città di Roma, la quale era allora ordinata di ottime legge, piena di santissimi costumi ed ardentissima del desiderio della libertá, e la quale, per essere el popolo militare, era troppo difficile a violentare; e però durò quella tirannide mentre che con qualche colore, cioè dell'avere a finire le legge, potettono allegare che el magistrato loro durassi; ma come questo inganno fu scoperto, el primo accidente benché piccolo distrusse la loro tirannide, la quale non credo fussi stata piú stabile, se bene si fussino vòlti a battere col favore della plebe la nobilitá, perché quello populo era troppo amicissimo del nome della libertá. E si vede lo esemplo di Manlio Capitolino, el quale ancora che procedessi contro al senato e con arte meramente populare, pure fu oppresso dal popolo medesimo, subito che fu fatto capace che lui cercava occupare la libertá.

E quanto alla dottrina generale, quale sia meglio a chi vuole occupare la tirannide, o procedere col favore del popolo o farsi amica la nobilitá, gli esempli si truovano diversi; perché e Silla occupò la tirannide a Roma e la stabilí con le spalle della nobilitá, ed a Firenze el duca d'Atene fu fatto tiranno col favore de' nobili, e' quali per la sua imprudenzia e levitá non si seppe mantenere, il che fu causa di farnelo cadere presto. Cosí nell'una parte e nell'altra si truovano molti esempli, ed anche ciascuna parte ha le sue ragione; perché chi ha el popolo dal suo, ha piú numero di seguaci, e piú facilmente comporta el popolo una grandezza che non comportano e' nobili; e nondimeno chi ha seco la nobilitá ha uno fondamento piú nervoso, piú efficace e piú gagliardo, e che non varia di animo sí facilmente e spesso per cagione leggiere come fa el popolo. Sono partiti che non si possono pigliare con una regola ferma, ma la conclusione s'ha a cavare dagli umori di quella cittá, dallo essere delle cose che si varia secondo la condizione de' tempi, ed altre occorrenzie che girano.

48

[Gli uomini, come che s'ingannino ne' generali, nei particulari non s'ingannono.]

Quello che dice el Discorso, che piú facilmente gli uomini si ingannano ne' generali che ne' particulari, si può dire in uno altro modo, che la esperienzia sganna molte volte gli uomini di quello che s'hanno immaginato innanzi mettino mano nella piaga; perché non è maraviglia che chi non sapeva e' particulari delle cose, muti sentenzia quando poi gli ha saputi e veduti in viso; ed a questo tende lo esemplo de' fiorentini, e' quali non avendo nelle piazze quella notizia, né vedendo quegli avisi che poi vedevano in palazzo, erano facilmente di opinione diversa dalla veritá. Si può anche nello esempio de' romani considerare, che al popolo pareva cosa indegna e vituperosa che generalmente tutti fussino incapaci degli onori, e che parendogli avere acquistato assai a conseguire di potere essere abili al magistrato di potestá consulare, restassino in parte sfogati e si astenessino da eleggere e' non idonei, come quelli che non avessino combattuto per la ambizione particulare di ascendere a quello grado, ma solo per levarsi quella infamia che la plebe tutta fussi proibita dalle legge di participare degli onori; e però bene dice Livio: contenta eo quod sui ratio habita esset. L'altra conclusione del Discorso, che manco si inganni el popolo nella distribuzione degli onori e de' magistrati che nell'altre cose, credo sia vera, e la ragione è in pronto, perché è materia che piú facilmente si cognosce; ed in questo caso el giudicio del popolo è fondato non in sulla notizia che abbia per sé stesso del valore di uno cittadino, ma in su quella opinione universale che nasce dalla lunghezza del tempo e dalla esperienzia che n'hanno avuto questo e quello particulare. Non accetto giá che in questo el popolo non si inganni, o almanco piú rare volte che non fanno e' pochi, perché el popolo si governa in questo giudicio non con la notizia particulare, ma con le opinione universale, né esamina o distingue sottilmente, in modo che si inganna spesso, massime in quelle elezione delle quali pochi sono capaci; crede a' romori falsi, muovesi per fondamenti leggieri, ed in effetto quanto alla ignoranzia è molto piú pericoloso che el giudicio di pochi.

CAPITOLO XLIX

[Se quelle cittadi che hanno avuto il principio libero, come Roma, hanno difficultá a trovare legge che le mantenghino: quelle che lo hanno immediate servo, ne hanno quasi una impossibilitá.]

E questo Discorso e molti altri mostrano quello che io, contro alla opinione dello scrittore, ho detto in altro luogo, che posposta la disciplina militare, el governo romano era in molte parte defettivo; perché, che piú assurda cosa che fussi in potestá di uno uomo solo fermare le azione publiche, o non lasciare che una deliberazione della cittá abbia effetto, come feciono quelli consuli? A' quali se bene vi fu el freno del tribuno, nondimanco al tribuno, quando voleva fare simile disordine, non vi era rimedio alcuno. Fu anche errore che in potestá de' dua censori fussi privare del senato per sí buona opera Mamerco Emilio cittadino onoratissimo e tanto benemerito della republica; anzi era in potestá di uno solo. Né credo che lui vi avessi altro rimedio, che o una legge del popolo che fussi restituito al senato, la quale non si legge che fussi fatta, o che e' sequenti censori quando legevano el senato, lo restituissino; il che anche non sono certo potessino fare benché lo credo.

CAPITOLO LVIII

[La moltitudine è piú savia e piú costante che uno principe.]

Difficile impresa e molto aliena dalla opinione degli uomini piglia, sanza dubio, chi attribuisce al popolo la constanzia e la prudenzia, e chi in queste due qualitá lo antepone a' príncipi; e' quali quando sono regolati dalle legge, nessuno che ha scritto delle cose politiche dubitò mai che el governo di uno non fussi migliore che quello di una moltitudine eziandio regolata dalle legge, alla quale è preposto non solo el governo di uno principe, ma ancora quello degli ottimati. Perché dove è minore numero è la virtú piú unita e piú abile a produrre gli effetti suoi; vi è piú ordine nelle cose, piú pensiero ed esamine ne' negocii, piú resoluzione; ma dove è moltitudine quivi è confusione, ed in tanta dissonanzia di cervelli, dove sono vari giudíci, vari pensieri, vari fini, non può essere né discorso ragionevole, né resoluzione fondata, né azione ferma. Muovonsi gli uomini leggermente per ogni vano sospetto, per ogni vano romore; non discernono, non distinguono, e con la medesima leggerezza tornano alle deliberazione che avevano prima dannate, a odiare quello che amavano, a amare quello che odiavano; però non sanza cagione è assomigliata la moltitudine alle onde del mare, le quale secondo e' venti che tirano vanno ora in qua ora in lá sanza alcuna regola, sanza alcuna fermezza. In somma e' non si può negare che uno popolo per sé medesimo non sia una arca di ignoranzia e di confusione; però e' governi meramente populari sono stati in ogni luogo poco durabili, ed oltre a infiniti tumulti e disordini, di che mentre hanno durato sono stati pieni, hanno partorito o tirannide o ultima ruina della loro cittá.

Gli esempli sono tanti e sí noti che non accade replicargli, e tali che meritamente hanno partorito quella opinione antichissima e commune di tutti gli scrittori, che nella moltitudine non sia né prudenzia né constanzia. Alla quale non repugnano, chi bene considera, né le ragione né gli esempli allegati per lo autore del Discorso; perché in quanto lui allega che in uno popolo regolato dalla legge non è manco virtú o prudenzia che in uno principe regolato dalle legge, ed adduce per esemplo el popolo romano, io dico principalmente che né la ragione né lo esempio suo fa a proposito del caso, perché altro è considerare una moltitudine che per sé stessa deliberi, altro uno governo populare ordinato in modo che le deliberazione grave ed importante abbino a essere fatte da' piú prudenti. Nel primo caso sará spesso varietá, ignoranzia e confusione, e sia la moltitudine regolata dalle legge quanto vuole; nel secondo caso se le cose si deliberano prudentemente e stabilmente, non procede perché nella moltitudine non siano quelli difetti, ma perché non sono in quelli piú prudenti. Tale fu el popolo romano, nel quale le cose piú importanti si deliberavano dal senato, da' consuli e da' principali magistrati, e nel quale se la moltitudine avessi avuto a deliberare, ancora che fussi regolata da buone legge, piena di costumi santi ed amantissimi della sua libertá, sarebbe nelle sue deliberazione apparita molte volte, con danno gravissimo della sua republica, quella imprudenzia e varietá che nelle altre moltitudine riprendono gli scrittori.

Di poi quando bene noi chiamassimo le deliberazione de' romani deliberazione della moltitudine, piglisi al rincontro uno principe che sia tra gli altri príncipi in quello grado di virtú che fu el popolo romano tra gli altri popoli: credo sanza dubio procederá in tutte le sue cose con maggiore prudenzia e con maggiore constanzia che non procedeva el popolo romano; perché per le ragione dette di sopra, dove e' termini siano pari, è piú ordine, piú distinzione, piú resoluzione, piú fermezza in uno che in molti. E pel contrario se si piglia uno popolo sciolto dalle legge ed uno principe libero e sciolto, quali sono quasi tutti, e quegli di Francia ancora, che lo autore chiama legati, in potestá de' quali è nel regno suo fare ciò che vogliono, dico che in uno principe si potrá trovare forse piú altri vizi che in uno populo, e piú prontezza a esequirli che non ha uno popolo, e' quali quando lo autore discorre si parte da' termini della sua quistione, ma communemente si troverrá piú prudenzia e piú constanzia, che è proprio el titolo dell'autore, che non si troverrá in una moltitudine, nella quale, quando sia sciolta, non si vedrá mai se non imprudenzia ed inconstanzia, appetito di cose nuove, sospetto immoderato, invidia infinita contro a tutti quelli che hanno facultá o qualitá. E se bene de' príncipi se ne truova imprudentissimi, e la imprudenzia loro quando è in quella ultima spezie, è forse piú perniziosa che quella della moltitudine, dico che pigliando verbigrazia dugento anni di uno regno, si troverrá de' re prudenti ed imprudenti; ma pigliando dugento anni di una moltitudine si troverrá una continuazione di imprudenzia e di varietá.

Né sono a proposito gli esempli per e' quali si mostra che in uno principe sono molti piú difetti che in uno populo, perché lo assunto non è disputare degli altri vizi, ma solo se ne' popoli è piú imprudenzia ed inconstanzia che ne' príncipi. Cosí è impertinente el dire che piú augumento fa una cittá sotto uno governo populare che sotto uno principe, perché nasce da altre cagione; ma se tu mi dessi cinquanta anni di uno governo populare buono ed altanti di uno principe parimente buono, non dubito che maggiore augumento farebbe sotto uno principe. Ma non essere poi sempre e' successori simili, fa che lo augumento del governo populare va piú continuando che quello di uno principato; e può molto bene stare insieme, che sia migliore fortuna di una cittá a cadere in governo populare che sotto e' príncipi, la quale considerazione è fuora della disputa nostra, e nondimeno che ordinariamente sia piú imprudenzia e piú inconstanzia in uno populo che in uno principe.

CAPITOLO LX

[Come il consolato e qualunque altro magistrato in Roma si dava sanza rispetto
di etá.]

Non si ricorda el Discorso, che Scipione Africano minore non potette essere
fatto consule se per legge particulare non gli fu prima levato el divieto della
etá; non che Cicerone nel . . . . . dice, che a chi è di etá di trentatré anni manca
el tempo di dieci anni a essere consule; e se in Valerio Corvino fu altrimenti,
bisogna dire, e cosí è con veritá, che altri furono gli ordini nel principio della
republica, altri nacquono in progresso di tempo. Come ancora fu del tempo de'
magistrati, perché ne' princípi non vi era proibizione che non si potessi
continuare el consulato, ed almanco chi era consule ora, poteva fra poco tempo
essere di nuovo eletto consule; ma di poi fu fatta una legge che tra l'uno
consulato e l'altro dovessi essere almanco intervallo di dieci anni. Le quali due
legge, cioè del divieto della etá e del tempo, se sono utile alle republiche o no,
si tratterá in altro luogo, perché in questo non è nostra considerazione non
essendo trattate nel Discorso.

LIBRO SECONDO

55

La conclusione è verissima, che spesso e' tempi antichi sono laudati piú che el debito, e le ragione sono bene considerate dallo scrittore; alle quali se ne potrebbe aggiugnere qualcun'altra ma le pretermetto. Non concordo giá seco in quello che dice, che sempre nel mondo fu tanto del buono in una etá quanto in una altra, benché si variino e' luoghi; perché si vede essere verissimo che, o per influsso de' cieli o per altra occulta disposizione, corrono talvolta certe etá nelle quali non solo in una provincia, ma universalmente in tutto el mondo è piú virtú o piú vizio che non è stato in una altra etá, o almanco fiorisce piú una arte o una disciplina che non è fiorita in qualunque parte del mondo in altro tempo. E per cominciare a quelle meccaniche di che fa menzione lo scrittore, chi non sa in quanta eccellenzia fussino a tempo de' greci e poi de' romani la pittura e la scultura, e quanto di poi restassino oscure in tutto el mondo, e come doppo essere state sepolte molti secoli siano da centocinquanta o dugento anni in qua ritornate in luce? Chi non sa quanto a' tempi antichi fiorí non solo apresso a' romani, ma in molte provincie la disciplina militare, della quale e' tempi nostri e quelli de' nostri padri ed avoli non hanno veduto in qualunque parte del mondo se non piccoli ed oscuri vestigi? El medesimo si può dire delle lettere, della religione, che sanza dubio in alcune etá sono state sepolte per tutto, in altre sono state in molti luoghi eccellente ed in sommo prezzo. Ha visto qualche etá el mondo pieno di guerre, un'altra ha sentito e goduto la pace; dalle quali variazione delle arte, della religione, de' movimenti delle cose umane, non è maraviglia siano anche variati e' costumi degli uomini, e' quali spesso pigliano el moto suo dalla instituzione, dalle occasione, dalla necessitá. È adunche vera conclusione che non sempre e' tempi antichi sono da essere preferiti a' presenti, ma non è giá vero il negare che una etá sia qualche volta piú corrotta o piú virtuosa che l'altre.

CAPITOLO X

[I danari non sono il nervo della guerra, secondo che è la comune opinione.]

Chi fu autore di quella sentenzia che e' danari siano el nervo della guerra, e chi l'ha poi seguitata, non intese che e' danari soli bastassino a fare la guerra, né che e' fussino piú necessari che e' soldati, perché sarebbe stata opinione non solo falsa, ma ancora molto ridicula; ma intese che chi faceva guerra aveva bisogno grandissimo di danari, e che sanza quelli era impossibile a sostenerla, perché non solo sono necessari per pagare e' soldati, ma per provedere le arme, le vettovaglie, le spie, le munizione e tanti instrumenti che si adoperano nella guerra; e' quali ne ricercano tanto profluvio, che a chi non l'ha provato è impossibile a immaginarlo. E se bene qualche volta uno esercito carestioso di danari con la virtú sua e col favore delle vittorie gli provede, nondimeno a' tempi nostri massime sono esempli rarissimi; ed in ogni caso ed in ogni tempo non corrono e' danari drieto agli eserciti se non dappoi che hanno vinto. Confesso che chi ha soldati propri fa la guerra con manco danari che non fa chi ha soldati mercennari, nondimeno ed anche danari bisognano a chi fa guerra co' soldati propri, ed ognuno non ha soldati propri; ed è molto piú facile co' danari trovare soldati che co' soldati trovare danari. Chi adunche interpreterrá quella sentenzia secondo el senso di chi la disse e secondo che communemente è intesa, non se ne maraviglierá, né la dannerá in modo alcuno.

CAPITOLO XII

[S'egli è meglio, temendo di essere assaltato, inferire o aspettare la guerra.]

Se nel presente Discorso si trovano esempli assai nell'una e l'altra opinione, ci sono anche ragione assai che fanno el caso sí dubio, che non è di facile resoluzione, ed a volerlo bene deliberare ha bisogno di molte considerazione che sono state pretermesse dallo autore. Perché non basta sola quella distinzione: o io ho e' sudditi armati o e' sono disarmati; ma è necessario pensare piú oltre: o e' popoli miei sono fedeli o e' sono inclinati alle ribellione; o le terre sono forte o le sono debole; o io posso, ancora che io abbia la guerra in casa che mi consumi le entrate, in quanto al danaio sostenerla lungamente, o io non potrei reggerla. S'ha ancora a considerare le condizione dello inimico, cioè che milizia ha, che paesi, che entrate, che modo a sostenere la guerra in casa, che modo a farla fuora di casa; perché el governo e tutte le azione della guerra s'hanno sempre a regolare secondo le qualitá e progressi dello inimico. È ancora differenzia, quando io aspetto guerra da altri, el dire: io la porto a casa sua; el dire: io esco del mio paese e rincontro lo inimico fuori del paese suo (e questo è lo esemplo del re Ferrando). È differenzia el dire: io comincio la guerra in sul suo innanzi che lui l'abbia cominciata a me; a dire: io ho giá la guerra in casa, ma per constrignere lo inimico a partirsene io la comincio anche in sul suo; come fe' Scipione quando Annibale era in Italia, come fece Agatocle assediato da' cartaginesi, come e' fiorentini tante volte nelle guerre fatte loro da' Visconti. E quanto a questo ultimo caso io giudicherò sempre che chi ha la guerra in casa, se ha opportunitá nel tempo medesimo di cominciarla in quello dello inimico, lo debba fare; perché essendo cosa inaspettata, disordina tutti e' disegni dello inimico, ed ogni piccolo successo che vi abbia, lo constrigne a ritirarsi con tutte o con parte delle forze sue a difendere casa sua; ed interviene come de' remedi che usano questi fisici a curare le infermitá, tra' quali sempre la diversione è giudicata remedio potente e molto approvato.

Resta la resoluzione degli altri casi, ne' quali procedendo per distinzione, dico che quando lo inimico da chi tu temi la guerra ha piú esercito e piú potenzia di te, che tu non puoi pensare di fargli la guerra in casa, perché bisognano molte forze e molte opportunitá a portare la guerra a casa di altri, le quali non sono cosí necessarie a chi fa la guerra in casa sua, perché si serve del favore del paese, de' sudditi e delle difficultá degli inimici, co' quali rimedi può andarsi temporeggiando; ed in questo grado era el re Ferrando, el quale non poteva mettere in campagna esercito pare a quello delli inimici. Ma quando tu ti senti e di gente e di danari e dell'altre opportunitá della guerra pari allo inimico, ed ordinato di quelle forze che sono necessarie a fare guerra in casa sua, io sarei inclinato a consigliare di non aspettare la guerra a casa propria, perché, vincendo, el premio è maggiore, potendoti portare quella vittoria facilmente lo acquisto del regno di altri; dove la vittoria in casa tua non ti porta altro che la liberazione del tuo stato; perdendo, el danno è minore, perché non perdi altro che quello esercito, ed hai piú tempo a rifarti; dove, perdendo in casa, se lo inimico accelera la vittoria, come potette fare Annibale a Canne, come a' tempi moderni Paolo Orsino a Ladislao, el duca Giovanni al re Ferrando, una giornata è bastante a farti perdere lo stato.

Portando la guerra a casa lo inimico, hai giá disturbato el disegno suo di fare la guerra in casa tua, hai impedito le preparazione necessarie a questo effetto, in modo che, etiam vincendoti, ha bisogno di tempo e di nuovi ordini a venire a guerreggiarti in casa, il che ti dá spazio a riordinarti e rifarti. E tanto piú facilmente aderirei a questa conclusione, quanto io vedessi lo inimico non avere paese forte, o non avere sudditi fedeli, o condizionato lo stato in modo che facilmente si potessi disordinargli le entrate, o essergli difficile, se avessi una rotta, a rifarsi in breve spazio di tempo. Veggo che sempre e' romani quando potettono prevennono le guerre a casa altri, contro a Filippo re di Macedonia, contro a Antioco, contro a' cartaginesi; e quando non lo feciono furono malcontenti di non l'avere fatto. Né mi muove quello che dice lo scrittore, che se e' romani avessino avuto in tanto spazio di tempo quelle tre rotte in Francia che gli ebbono in Italia da Annibale, sarebbono sanza dubio stati spacciati; perché si pone uno caso impossibile, che chi ha una rotta in casa di altri, massime in luogo lontano, possi cosí subitamente doppo la prima rotta avervi rimandato l'uno doppo l'altro dua nuovi eserciti. E chi risolve bene el partito di fuggire la guerra in casa col portarla a casa di altri, vi va con tale fondamento che può cosí sperare di rompere lo inimico, come temere di essere rotto; altrimenti la aspetta in casa, come feciono e' romani da Annibale; e' quali essendo giá molti anni, come dice Livio, inesperti alla guerra, ed avendo la guerra con capitano e con soldati espertissimi, se furono rotti in casa, sarebbono forse molto piú facilmente stati nel principio della guerra rotti da lui in Spagna o in Africa.

CAPITOLO XIII

[Che si viene di bassa a gran fortuna piú con la fraude che con la forza.]

Se lo scrittore chiama fraude ogni astuzia o dissimulazione che si usa etiam sanza dolo, può essere vera la conclusione sua che la forza sola, non dico mai, che è vocabulo troppo resoluto, ma rarissime volte conduca gli uomini da bassa a grande fortuna. Ma se chiama fraude quella che è proprio fraude, cioè el mancamento di fede o altro procedere doloso, credo si truovino molti che hanno sanza fraude acquistato regni ed imperi grandissimi. Di questi fu Alessandro Magno, di questi Cesare, che di cittadino privato con altre arte che di fraude si condusse a tanta grandezza, scoprendo sempre la ambizione sua o lo appetito del dominare. Non ho ora fresca la memoria di Zenofonte, ma credo che instruisca Ciro di prudenzia, di industria, di simulazione o dissimulazione giuste, non di fraude. Né chiamo fraude se e' romani feciono tali patti a' latini che potettono pazientemente tollerare lo imperio loro, il che non fu perché non si accorgessino insino dal principio che sotto ombra di confederazione equale era servitú; ma el trovarsi impotenti, né essere trattati in modo che non avessino causa di desperarsi, gli fece aspettare insino a tanto, non dico che ebbono scoperto el fine de' romani, el quale sarebbono stati bene grossi se non avessino cognosciuto da principio, ma che cresciuti di numero di uomini e bene esperti di disciplina militare, ebbono speranza potere contendere del pari col popolo romano. Fu adunche prudenzia quella de' romani, non fraude, a trattare bene e' latini; e credo sia verissimo che sanza simili industrie e prudenti modi di governarsi, non solo rarissime volte si salga da bassa fortuna a alta, ma ancora difficilmente si conservi la grandezza. Ma quanto alla fraude, può essere disputabile se sia sempre buono instrumento di pervenire alla grandezza, perché spesso con lo inganno si fanno di molti belli tratti, spesso anche l'avere nome di fraudulento toglie occasione di conseguire gli intenti suoi.

[Ingannansi molte volte gli uomini, credendo con la umilitá vincere la superbia.]

La conclusione del Discorso è in parte contraria a quello che lui disse in altro luogo, che è piú prudenzia temporeggiarsi ne' casi pericolosi che urtare; e però bisogna distinguere che quando le forze tue non sono pari a quelle dello inimico, meglio sia accordare, etiam lasciando qualche cosa, che tirarsi subito addosso la ruina, perché el tempo può portare degli accidenti che bastino a provedere al tuo futuro pericolo. Ma quando tu hai forze pari o quasi pari allo inimico, ancora che lo entrare in guerra sia con pericolo e con difficultá, importa tanto el cominciare a tôrti la riputazione, a fare vile te, insolente lo inimico, che mal volentieri si debbe cedere. La quale ragione largamente discorre Tucidide nella persona di Pericle, quando consigliò agli ateniesi piú presto el pigliare la guerra co' lacedemòni, benché difficile e pericolosa, che accettare le condizione proposte da loro, ancora che per se stesse le paressino di poco momento.

CAPITOLO XV

[Gli stati deboli sempre fiano ambigui nel risolversi: e sempre le diliberazioni lente sono nocive.]

Da due cagione procedono le ambiguitá delle deliberazione: l'una da debolezza di quelli che hanno a risolvere, non dico debolezza di forze e di potenzia, ma debolezza di prudenzia e di ingegno; e questa cagione può cadere cosí in uno principe come in una republica; e credo che quando el Discorso disse gli stati deboli, intese deboli di prudenzia, benché la debolezza delle forze può in parte accrescere la irresoluzione, perché communemente e' partiti che hanno a pigliare gli stati deboli, sono communemente piú pieni di difficultá e di pericoli. L'altra cagione che è propria delle republiche, è quando sono piú uomini che hanno a resolvere, e tra questi sono le opinione varie; il che può procedere o da malignitá, perché abbino diversi fini, o pure sanza malignitá, perché e' giudíci degli uomini non si conformino, come accade spesso etiam tra prudenti. Ed è vero che queste sospensione communemente sono perniziose, perché mentre stai sospeso non puoi provedere né all'uno caso né all'altro; e se qualche volta sono utile, come sarebbe accaduto a' lavini, e' quali se fussino tardati ancora tre o quattro dí piú a risolversi, non arebbono patito pena di quello poco viaggio; nondimeno questa è una utilitá che risulta piú presto per caso che altrimenti. La suspensione è adunque da aborrire, la resoluzione sommamente da laudare; ma s'ha da avvertire che lo stare neutrale può anche procedere per resoluzione, non per suspensione: nel secondo caso la neutralitá è represibile, nel primo può essere ed utile e perniziosa secondo la qualitá de' casi, di che trattare non è ora materia nostra. El medesimo dico del differire qualche altra azione o esecuzione; che se la tarditá procede da irresoluzione è sempre dannabile, ma se si fa deliberatamente può essere laudabile.

CAPITOLO XIX

[Che gli acquisti nelle republiche non bene ordinate, e che secondo la romana virtú non procedano, sono a ruina, non ad esaltazione di esse.]

Chi dubita che la cittá di Firenze, che la republica di Vinegia sarebbono piú deboli e di minore potenzia se avessino rinchiuso el territorio loro tra piccoli confini che non sono? Avendo domato le cittá vicine, ed allargato la loro iurisdizione, non è facile a ogni vicino assaltarle; non per ogni debole accidente si travagliano; tengono, se non viene moto grande, lo inimico fuora del tuorlo del suo stato; non si accosta facilmente la guerra alle loro mura; lo avere molti sudditi fa in molti modi le entrate publiche maggiore, fa la cittá dominante in privato piú ricca. Co' quali mezzi, se bene non sono armate di soldati propri, conducono de' forestieri, da' quali essere difeso è meglio che non essere difeso da alcuno. Confesso che una republica che ha arme proprie è piú potente e fa piú capitale degli acquisti, ma non confesserò giá che una republica disarmata diventi piú debole quanto piú acquista, né che Vinegia, che ora non teme de' re né degli imperadori, se fussi sanza dominio in terra ed in mare, fussi piú sicura che non è di presente. Il che se fussi vero, non so perché el Discorso si ristringa solo alle republiche, perché per le medesime cagione uno principe che non avessi arme proprie, caverebbe degli acquisti e dell'ampliazione del dominio debolezza e non potenzia, il che essere falsissimo mostrano largamente e le ragione e la esperienzia.

CAPITOLO XXIV

[Le fortezze generalmente sono molto piú dannose che utili.]

Non si debbe laudare tanto la antiquitá, che l'uomo biasimi tutti gli ordini moderni che non erano in uso apresso a' romani; perché la esperienzia ha scoperte molte cose che non furono considerate dagli antichi, e per essere inoltre e' fondamenti diversi, convengono o sono necessarie a una, delle cose che non convenivano o non erano necessarie all'altre. Però se e' romani nelle cittá suddite non usorono di edificare fortezze, non è per questo che erri chi oggidí ve le edifica, perché accaggiono molti casi per e' quali è molto utile avere le fortezze, ed a uno principe overo tiranno co' cittadini medesimi, ed a uno signore co' sudditi suoi, ed a uno potentato co' forestieri.

Le ragione mi paiano sí manifeste, che io mi maraviglio che questa opinione abbia contradittori, perché principalmente se, quali sono gli imperi, tali fussino sempre e' sudditi, cioè che quando sono bene trattati amassino el principe suo, io confesso che quanto a loro sarebbono, a ogni principe che governassi bene, inutile le fortezze, perché basterebbe a difenderlo da' cittadini e sudditi suoi lo amore de' populi. Ma considerato quanto molte volte e' popoli eziandio bene trattati, sono spesso poco ragionevoli, quanto desiderosi di cose nuove, quanto possi valere in loro la memoria dello antico principe se ora sono sotto uno imperio nuovo, quanto lo appetito della libertá se sono usati a averla, e quanto spesso per questo e per altri rispetti uno principe o tiranno è sforzato governare e' cittadini o sudditi suoi con qualche ingiuria, dico che ed a quelli che possono avere e' popoli amici, ed a quelli che non possono sperare di conseguire questa benevolenzia, è necessario fare qualche fondamento in sulla forza, in sul tenere e' popoli suoi in qualche terrore; altrimenti sarebbe troppo spesso in preda della leggerezza, della malignitá, del giusto odio de' sudditi suoi. E quella ragione che si adduce nel Discorso che le fortezze danno animo a' príncipi a essere insolenti e fare mali portamenti, è molto frivola, perché se s'avessi a considerare questo, arebbe uno principe a stare sanza guardia, sanza arme, sanza eserciti, per avere tanto piú a cercare di vivere in modo che fussi grato a' popoli, quanto piú si trovassi esposto alla loro discrezione. Di poi le cose che in sé sono utile non si debbono fuggire, se bene la sicurtá che tu trai di loro ti possa dare animo a essere cattivo; verbigrazia, hass'egli a biasimare la medicina, perché gli uomini sotto la fidanza di quella si possono guardare manco da' disordini e dalle cagione che fanno infermare? Non è questa buona ragione, né da fare rifiutare el bene, quando el male che ne può seguire è in potestá tua se séguiti o no.

E per venire a' particulari secondo l'ordine del Discorso, dico che a uno tiranno di una cittá, ed a ogni principe, sono utilissime le fortezze in quella cittá, perché né el popolo né gli inimici particulari, vedendo el principe sicuro nella fortezza sua, non possono per ogni leggiere occasione fare movimento; perché è difficile farlo in modo che si amazzi el principe con tutta la sua progenie; non facile avere le forze ed e' soccorsi preparati in modo che si possa rinchiudere o pigliare la fortezza sí presto che el principe non abbia tempo a ripigliare la terra con gente nuove introdotte per la fortezza. El medesimo dico di una cittá suddita, la quale per el freno della fortezza non può pensare alla ribellione se non vede esercito forestiere inimico del principe in quella provincia. Né sono buoni gli esempli di Milano e gli altri che lui allega, che benché avessino le fortezze perderono gli stati, perché non per ribellione de' popoli soli, ma per occasione di guerra potente; e si potria dire che se non l'avessino avute, l'arebbono perdute forse molto prima eziandio ne' tempi della pace. E se per virtú della fortezza non si recupera sempre la terra persa, si è anche visto qualche volta recuperarne, come intervenne a monsignore di Fois a Brescia, che ancora che si trovassi con esercito potente, se non fussi stato introdotto per la fortezza, non era bastante a recuperare Brescia. E quando per via della fortezza non si recupera la terra, è el timore della fortezza bastante a tenere impegnati li inimici sanza farci altra offesa insino l'abbino acquistata; el quale intervallo di tempo può essere causa di gran beneficio a chi si truova assaltato.

E quanto allo esemplo che si allega de' romani, posposto lo esemplo del duca Guido, di Ottaviano e degli altri, la autoritá de' quali non basta a confondere la autoritá di tanti altri che hanno edificato le fortezze, dico che se e' romani non usorono fortezze, due potettono essere le cause: l'una, che come altrove ha detto lo autore, ne' princípi dello imperio loro non usorono ridurre le cittá in espressa servitú, ma tenerle sotto ombra di libertá e di confederazione equale, el quale instituto non comportava lo edificarvi fortezze; l'altra, che trovandosi sempre con gli eserciti ordinati e potentissimi, ed in molti luoghi con le colonie, giudicorono avere minore bisogno delle fortezze, massime che erano consueti distruggere piú presto le cittá, le quali reputavano inimicissime; e nondimanco se l'avessino giudicate inutile, arebbono distrutto quella di Taranto e l'altre che trovorono edificate, perché cosí sarebbe inutile una fortezza edificata da altri, come quella che fussi edificata da te. Confesso adunche che in molti casi ed in molti tempi le fortezze non giovano; che alla sicurtá dello stato tuo sono degli altri remedi, forse qualche volta piú utili e piú gagliardi che le fortezze; ma che le fortezze spesso sono utili a chi le tiene, per assicurarsi dalle congiure, per fuggire le rebellione e per recuperare le terre perdute. Però non sanza cagione e' tempi nostri le adoperano, furono in uso apresso agli antichi, ed e' romani a Taranto e negli altri luoghi che le trovorono fatte non le smurorono.

LIBRO TERZO

68

CAPITOLO XVII

[Che non si offenda uno, e poi quel medesimo si mandi in amministrazione e governo d'importanza.]

Molto piú s'ha a astenere uno principe in non si commettere in chi ha ingiuriato che una republica, perché lo ingiuriato dal principe ricognosce la ingiuria tutta da lui, ma uno ingiuriato da una republica ricognosce piú la ingiuria da qualche particulare che l'ha perseguitato, o si è trovato in magistrato, che dal nome della cittá, e però offendendo la cittá non gli pare vendicarsi. Di poi chi cerca la rovina della patria fa male a' parenti, agli amici, a tutte le cose sue medesime ed a sé proprio, e con infamia di sé medesimo; che non interviene a chi fa contro a uno principe. È ancora piú facile spegnere uno principe che una republica, e per questo uno che sia ingiuriato può essere piú pronto a entrare in questo pensiero. Però io non sarei facile a fuggire uno cittadino ingiuriato dalla sua republica, e massime quando la ingiuria non sia stata molto atroce, nel quale caso si potria avergli rispetto; ma quella di Claudio Nerone allegato nel Discorso è cosa ridicula a credere, che per essere stato calunniato nel tempo era in Spagna ed anche con qualche ragione, avessi avuto tanto sdegno che potessi desiderare di essere rotto; e le parole che lo scrittore dice che lui usò, non furono parole sue ma del Salinatore, el quale doppo el consulato era stato condannato dal popolo, ed avendo ricevuta una tale ignominia, non è maraviglia se ne risentissi piú. El quale se bene parlassi cosí o per sdegno o per certe nature o fantasie che hanno gli uomini, è da credere che in fatto la intendessi altrimenti; e lo mostrano le azione sue, prima, innanzi alla elezione del consulato, che lo recusò ostinatamente insino non fu quasi sforzato da' principali cittadini, il che arebbe desiderato se avessi avuto cupiditá di vendicarsi; di poi che eletto consule fece el possibile per vincere, ed andò molto renitente a fare la giornata con Asdrubale, ancora che avessi detto prima volerla sollecitare.

CAPITOLO XIX

[Se a reggere una moltitudine è piú necessario l'ossequio che la pena.]

La severitá nuda di ogni umanitá, o vogliamo dire piacevolezza, è inutile in chi regge altri, la umanitá overo piacevolezza non accompagnata da qualche severitá è el medesimo; l'una condita equalmente con l'altra sarebbe preziosissima, e farebbe quella armonia temperata che è suavissima ed ammirabile. Ma perché questo condimento o rare volte o non mai si truova in uomo alcuno, essendo cosí lo ordine della natura, che tutte le cose nostre abbino qualche imperfezione, anzi pare che ciascuno o abbia piú del severo che del piacevole, o piú del piacevole che del severo, non sanza cagione si dubita quale sia piú a proposito, o chi participando dell'uno e dell'altro ha piú del severo, overo chi ha piú dello umano; intendendo però di coloro che hanno tanto dell'uno e dell'altro, che dove abbonda el timore non manchi l'amore, e dove abonda l'amore non manchi el timore. Circa a che, la prima distinzione che mi occorre è considerare la natura di chi tu reggi; perché alcuni sono di ingegno sí nobile e generoso che piú volentieri vanno con la piacevolezza che col timore, altri pel contrario pieni di una certa durezza, che non si possono piegare con la dolcezza, ma bisogna domargli e rompergli con la asperitá. Non è dubio che con questi tali bisogna accommodarsi secondo le loro condizione; ed a questo proposito diceva Federico Barbarossa, principe molto eccellente, e che nato in Germania aveva lungamente conversato in Italia, che le due prime nazione del mondo e secondo l'altre piene di molte virtú erano e' germani e gli italiani; ma che bisognava diversa arte di reggergli, perché e' tedeschi erano arroganti, insolenti e di qualitá che la dolcezza che tu usavi con loro la attribuivano piú presto a timore che a umanitá; pel contrario gli italiani piú trattabili, piú gentili e di natura che la asperitá piú presto gli sdegnava che spaventava; però a questi essere necessario perdonare talvolta e' delitti, e procedere con benignitá; quelli altri punirli severamente, perché altrimenti diventerebbono piú insolenti.

L'altra distinzione che mi occorre, è che sia da fare differenzia da uno che regga come principe e con autoritá propria, da chi regge come ministro ed in nome di altri, perché io credo che uno principe abbia a avere rispetto assai di cercare la benevolenzia de' popoli, potendo occorrere molti casi che a conservare lo stato gli sia bisogno amore estraordinario de' popoli. Ma in chi comanda in nome di altri distinguerei: o in uno esercito, ed allora fussi piú necessario abondare nello amore che nel timore, perché avendoli a conducere a fazioni pericolose per la vita loro, vi si conducono assai con lo amore; ma in chi governa cittá o provincie in nome di altri, non gli toccando altro che la cura temporale, e non essendo lui el signore supremo per el quale e' popoli s'abbino a muovere a piú di quello che ordinariamente sono tenuti, credo conduca meglio le cose sue con qualche piú terrore che e' príncipi ordinari, perché sapendo e' popoli che le grazie dependono da altri, e che di qui a qualche tempo lui non ha a restare in uficio, non può la benevolenzia che loro gli portassino fare fondamento notabile a quelli effetti per e' quali si desidera tanto lo amore verso el principe. Dico però che parlando noi de' governi buoni e legittimi, si può male presupporre che dove è timore non sia anche amore, perché la severitá della giustizia, che è quella che reca el timore, non può essere che non sia amata da chi vuole bene vivere; ed e converso lo amore che nasce da umanitá, da facilitá di natura e da inclinazione a fare grazie, accompagnato dalla giustizia, come in uno governo buono s'ha a presupporre, non può fare che non sia temuto.

CAPITOLO XXIV

[La prolungazione degl'imperi fece serva Roma.]

Non è dubio che la prorogazione degli imperi fu occasione grande a chi volle occupare la republica; perché era instrumento da farsi amici e' soldati e séguito co' re e nelle nazione e provincie forestiere, ed a' capitani accresceva ricchezza, con la quale potevano corrompere gli uomini, come fece a Cesare el lungo imperio in Gallia. Ma el fondamento principale de' mali fu la corruzione della cittá, la quale, datasi alla avarizia, alle delizie, era in modo degenerata dagli antichi costumi, che ne nacquono le divisione sanguinose della cittá, dalle quali sempre ne' popoli liberi si viene alle tirannide. Di quivi nacque la facilitá di corrompere e' cittadini, e' soldati, di qui potette sperare uno Catilina sanza imperio e sanza eserciti occupare la republica, di qui coniurazione di piú potenti di dividersi fra loro gli imperi e gli eserciti, e con queste forze tenere bassi gli altri, di qui le prorogazione estraordinarie degli imperi come fu quella di Cesare, al quale non la utilitá della republica, non la necessitá della guerra, non la ammirazione della sua virtú, ma la coniurazione con Pompeo e Crasso di occupare la republica, fece imperio decennale. Non era stato prorogato lo imperio a Silla, quando la prima volta venne alle mani con Mario, ma ne fu causa la divisione tra la nobilitá e la plebe; ed avendo la plebe per capo Mario, fu forzata la nobilitá cercarsi uno capo. Però conchiuggo che quando Roma non fu corrotta, che le prorogazione degli imperi e la continuazione del consulato, la quale ne' tempi difficili usarono molte volte, furono cosa utile e santa; ma corrotta la cittá, sursono le battaglie civili ed e' semi delle tirannide, etiam sanza la prorogazione degli imperi. E però si può conchiudere, che se non fussino state anche le prorogazione, non sarebbe mancato né a Cesare né agli altri che occuporono la republica, né pensiero né facultá di travagliarla per altra via.